牧師、閉鎖病棟に入る。

日本基督教団　牧師
沼田和也

実業之日本社

目次

第二章　少年たち

第三章　十字架　067

第四章　診断　105

第五章　過去　145

序章

肩章を剝ぎ取られる

いつもは牧師として、自分で車を運転して慰問に向かう病院へ、わたしはタクシーで向かっていた。

教会にタクシーが入ってくるのを、わたしは緊張して迎えた。わたしが着ているのはスーツではなく、スエットの上下。妻が荷物を持ってくれている。タクシーに乗り込み、車窓の景色を眺める。「わたしが」運転するのではない。タクシーの行く先へ身を任せるしかない。

そう、これからしばらくは、すべて他人の判断へと身をゆだねるしかないのだ。これまで牧師としてスーツを着て見舞いに行っていた病院へ、わたしは患者として入院しに行く。その病棟は、自分では自由に開閉することのできない分厚い扉で仕切られている。

事件の顚末

高一でプロテスタントの洗礼を受けたものの、引きこもりなどのドロップアウトを繰り返し、二五歳でようやく大学の神学部に落ち着いて、大学院を修了し、伝道者の道を歩み始めたのは三一歳の春。無我夢中で牧師の仕事をしてきて、およそ十年経っていた。今やわたしは牧師だけでなく、教会に隣接する幼稚園の理事長と園長もこなし、「社会人らしい体裁」を振る舞えるまでになっていた——なっているつもりだった。

だがそのとき、事件は起こったのである。わたしが自分なりに一所懸命考え、感じながら積み重ねてきたことを、すべてひっくり返す事件が。

前月の末まで、わたしは順調に仕事をしていた。「わたしが」職場の責任者であった。わたしはそれなりに大きな幼稚園の理事長兼園長をしつつ、教会の牧師もしていた。仕事の比率としては前者が圧倒的に重かった。

　平成の前期までは牧師が幼稚園の園長を兼務することに、さして困難はなかった。保育の素人であっても、幼稚園のキリスト教精神を担う責任者として、自信と誇りを持って保育に関わり、その長として職責を果たすことができた。大変だがやりがいもあった。

　しかしとくにここ数年、幼稚園教育は専門性を増していき、自治体に提出する書類も増加し、もはや素人の手に負えるものではなくなってきていた。さらには、政府が打ち出した認定こども園の政策に、当時わたしの職場も乗ろうとしているという事情が重なった。

　待機児童が多い都市部とは異なり、少子化が進む地方の幼稚園は、園児の獲得競争にさらされる。我が園も来るべき経営難に備えて、県や市からの援助も潤沢な幼保連携型認定こども園への変更準備を進めていたのである。

ところがそのための膨大な書類や職場管理の厳密さは、それこそしょせん保育の素人に過ぎないわたしの手に余った。

このように保育の複雑化・専門化が進んだ文脈のなかで、園長就任直後、わたしはいきなり〝試練〟を受けることになった。副園長先生がある裁判記録をわたしに見せて、こんなことを言ったのである。

「もしも判断を誤れば、こうなってしまいますから」

そこには瞬時の判断ミスによって園児を死なせてしまった園長に対し、数億円の損害賠償が請求される判決が掲載されていた。副園長先生としては、保育の現場は甘くない、気持ちを引き締めて事にあたってもらいたいとの気持ちから、わたしに裁判の記事を見せてくれたのだろう。

だが副園長先生の真意はともかく、わたしはその言葉に襟を正すどころか、襟で首を絞められるような息苦しさを覚えた。わたしはつねに緊張状態のなかで仕事をすることになった。職場で笑うことはなくなり、いつも眉間に皺をよせるようになった。まして牧師として誰かの相談に乗ったり、祈ったりする気持ちの余裕などなかった。

読者の皆さんには、当時のわたしがいくら幼稚園が忙しかったとはいえ、教会の牧師として赴任したのに祈ることができなかったというのは変な話に聞こえるかもしれない。だが、キリスト教を知らない人でも、たとえば修道士という存在を思い浮かべてもらえば分かりやすいのではないか。

修道士は世俗の生活を離れ、祈りに専念する生活を行う。修道士とまでは行かなくとも、そもそも宗教者というものは、祈りに専念するための時間や心身の余裕がなければならないものだ。それは牧師も同じで、その余裕があってこそ誰かの相談に乗ったり、苦しみに傾聴したりもできる。だが当時のわたしは肩に力が入ってしまい、首や背筋は固まり、仕事に忙殺されるなかで抑え込んだものは爆発寸前になっていた。

そして、抑えに抑えたものは、爆発した。

　ある日わたしは大声で副園長を罵倒した。理由は想いだせない。その直前の記憶が飛んでしまっているのである。罵倒したことは覚えているのだが、頭に血が上るというより、頭から血の気が引いたような感覚のあと、あらん限りの大声で叫んだことしか想いだせないのである。

「話しあいましょう！」

　そう呼びかける副園長先生を背にして、わたしは職員室を飛び出した。

　わたしは敷地を横切って牧師館に閉じこもり、さらにその書斎に入って引き戸を閉ざし、床に大の字になった。わたしの異常を察知した妻が恐る恐る、引き戸を少し開けて声をかけた。

「ねえ」

「死にたいわ、もうあかん」

　わたしはそう答えたが、じっさいには死にたいのではなかった。そうではなく「ああ、もう死ぬな」、そう感じていたのだ。死期が迫っている。だからその促しにしたがって、首でも吊ろう。その思考の連鎖に違和感もなく、恐怖もなかった。今までよく生きてきた。でも、もう死ぬんだな。それでいい。

彼女は言った。

「入院しよ？　ほんとうに死んでしまうよ。よく頑張ったよ」

彼女は顔をぐちゃぐちゃにして泣いていた。彼女の心からの言葉は、あたたかかった。しかし、わたしには入院する気はなかった。たしかに、もはや自力では修復不可能な対人トラブルを起こしてしまったという自覚はあった。しかしそれを反省や謝罪、対話といったかたちではなくて、治療の対象として見ること。すなわち、自分が精神疾患あるいは精神障害の状態にあると認めることが、どうしてもできなかったのである。

これまで牧師として、誰かを病院に見舞うことは何度もあった。病床の病者と共に祈るとき、わたしは病者と、そして神と共に在ると思っていた。

しかし、自分が入院するのかしないのかという瀬戸際に立たされたとき、それはきれいごとだと気づいた。堅いスーツ姿で病者の顔を見おろし、祈るわたしと、ジャージやパジャマ姿で横たわり、祈られる病者。両者のあいだには大きな溝があったのだ。

わたしは牧師という仮面をつけて、相手と向きあっていた。それが悪いとは言えない。仕事とは役割（仮面）を担うことでもある。しかし溝があることを自覚しないで「わたしたちは一つになって祈っている」と思い込むことは、勘違いもはなはだしい。相手がそう思っていないのに、わたしだけがそう思っているのだから。そんな思い込みは、感動ポルノとどう違うのか。

夫の変調に不安へと突き落とされた妻は、医師の勧めもあって十日間ほど開放病棟に入院することになった。わたしはあくまで自分は入院しないつもりで、連日妻を見舞い続けた。五日ほど経った頃、妻の外出許可が出た。

わたしたちは病院の前から石段を降り、そこに広がる河川敷を散策していた。入院生活を日常として受け容れ、「病院食で肌がきれいになったよ」と談笑する妻を見ながら、わたしの気持ちもまた、いつの間にか解け始めていた――けっきょく、つまらないプライドでやってきたんだな。わたしが支えていると思い込んでいた彼女のほうが、わたしなんかより、ずっとずっと先に進んでいたんだな。わたしは妻に、彼女が退院したら入れ違いで自分が入院すると約束した。

いざ腹を括って主治医に入院の意志を示すと、彼は言った。

「閉鎖病棟に入ってもらうことになります」

「え、閉鎖……病棟、ですか？　開放病棟ではなくて？」

医師は大きなため息をついた。そして続けた。

「先生はやっぱり、自分がどれくらい病的な状況にあるのか、ご自覚がないようですね。今回は――それもたいてい暴力的ですが――大声で暴言を吐いただけで済みました。でも次は身体的暴力を振るって、法的な拘束を受ける危険もあるのですよ。それに、副園長先生に対してだけではない。あなたが家にいて、あなたの奥さんには逃げ場所があるのですか？」

主治医はわたしを、あえて牧師という職業を尊重し「先生」と呼んだ。先生という尊称が、かえって病的であるという事実を突きつけた。

閉鎖病棟。やっていけるだろうか。

正直に告白しておくと、わたしは閉鎖病棟が怖かった。精神疾患や精神障害の当事者を差別しているという指摘に対しては、一切釈明することのできない感情である。それでも、自分がいざ「彼ら」と入院するのかと思うと、どうしても怖かった。

それとなにより、妻が入っていた「開放」病棟と、本書の題でもあり、わたしが入ることになった閉鎖病棟との違い。それこそがわたしにとって大きな不安であった。

この病院に限らず、今までもわたしはいくつかの閉鎖病棟に、牧師として見舞いや慰問に訪れたことがある。閉鎖病棟というのは、病棟の入り口が文字通り閉鎖、つまり施錠されている病棟のことである。見舞い客も病棟の外からインターホンなどをとおして職員に頼まない限り、解錠してもらえない。とうぜん入院患者は、医師や看護師の許可がないと、決して外に出ることはできないのである。患者や面会者に一定時間出入口が開放されている開放病棟とは、そこが決定的に違う。ある病院でわたしが見た、看護師がじゃらじゃらと鍵を取り出して二重の扉を開ける様子は、監獄のそれを想わずにはいられなかった。

だが、どうやら選択肢は残されていないようだ。主治医は、わたしが妻と心中するかもしれないとさえ危惧していた。腹を括ったというにはほど遠い及び腰で、わたしは答えた。

「分かりました。閉鎖病棟に入ります」

わたしは今、スエットの上下で病院に到着した。これからしばらく、「わたしが」行為主体ではない。さまざまな誓約書に、わたしではなく妻がサインをする。

そうだ、わたしが保証人となって、入院する信者の書類にサインをしたことがあったっけ。今度はわたしが保証人になってもらう番か。情けない。いや、「情けない」と思ってしまう自分が、情けない。

精神障害だからって差別しもされもするもんか、ちょっと体調を崩しただけなんだ、入院なんて誰にでも起こることだ――いくら思い込もうとしても思えない。そして病院との約束通り、靴紐も外し、スエットパンツの紐も抜く。あらゆる紐類は、持ち込み禁止。腰のところを手で持っていないとパンツがすぐずれてくる。ばんざいの姿勢をとると、看護師が身体検査を始める。鋏やカッター、針など刃物や尖ったものを所持していないか、全身をぱたぱたと触られる。

昔観た映画の一場面を想いだす。題もストーリーも想いだせないが、そこだけ鮮明に覚えている。将官が反逆罪かなにかで捕まる。憲兵によって、直立不動の彼から肩章や勲章類が次々に剝ぎ取られていく。そして最後には靴の紐を抜かれる。紐を抜き取られながら泣く将官。

扉は重い音とともに閉ざされ、わたしは病室へと案内される。わたしの背後でさらにもう一枚厚い扉が閉められる。それら二重の扉は、看護師にしか開けることができない。なにもそんな厳重にしなくてもいいだろ。脱走なんかしないよ、脱走なんか……少し泣けてくる。

第一章

牧師が患者になる

看護師に促されるまま、洗面器や歯ブラシ、うがいコップとタオル、石鹸、それにわずかな着替えを持って、病室へ。病棟のドアはつねに施錠され、看護師しか開けることは許されない一方、病室のドアは患者が勝手に閉めることを許されておらず、いつも看護師に見えるよう開けっぱなしておかねばならなかった。

部屋には窓はあり、鉄格子はついていない。だが、開けようとしても少し開くだけで、全開はできないようになっている。

部屋のベッドは四つだが、わたし以外には二人の患者しかいなかった。一人は八〇がらみの老人。ベッドの上で膝を立て、静かにこちらを睨んでいる。わたしが挨拶すると、彼はベッドに腰かけたまま、やはり静かに頭を下げた。

もう一人は十代の少年。あとで年齢を尋ねると、一六歳であった。

「はじめまして、マレって言います。入院初めてですか？　なんでも言ってくださいね。手伝いますから！」

わたしはこの、人懐こく見える少年とすぐに打ち解けた。ちなみに入院して数日で石鹸は消えた。

「ああ、ここでは人に見えるところに石鹸を置いちゃだめですよ」

マレが教えてくれた。

ショックの連続

入院初日だったと思う。夕食までまだ時間があった。することがないので、食堂でテレビを見ていた。車椅子の男性が、なにか叫んでいる。言葉になっておらず、「アア、ぅを」としか聴きとれない。車椅子の横には、がっしりとした男性看護師がついている。彼はやおら患者の頭を手ではたいた。そして今度は同じ手で彼の頭を摑み、壁に打ちつけたのである。

ごっ、と鈍い音がした。わたしは強い動悸を覚え、主治医にその話をした。主治医が院長に話したのか、後日看護師は揉み手で「いやあ、暴力のつもりはなかったんですよ」。わたしは彼の笑顔と、太い揉み手がむしろ怖かった。彼は内心「こいつ、チクりやがったな」と思っているだろう。いきなり敵を作ってしまった。

廊下を歩いていると、重い咳が聴こえてくる。あの人、大丈夫なんだろうか。診察時、主治医に「咳が止まらない人がいたんですけど」と尋ねてみた。彼はため息をつきながら答えてくれた。

「先生が入院する前にね、ここで結核が流行ったんですよ」

結核が流行る。ドラマで明治から昭和前期を扱うものに、結核患者が出てくることがある。だが、ドラマでしか見たことがない。ここで結核が流行った？　サナトリウムで結核。不謹慎だが、自分が文学者にでもなったような心持ちがした。

あの患者は結核自体は治ったようだが、咳が引かないらしい。精神科にはアルコール依存症などで身体が弱った人も入院するため、そういう人は結核に感染しやすいのだという。

昨今の新型コロナウイルスへの対策のように、感染を防ぐためには衛生管理が大切だが、人によって症状もさまざまな精神科の患者に、手洗いや消毒を徹底してもらうことは難しい。だから結核の流行という、まるで昭和前期のようなことが今でも起こりうるのである（もちろん、病院側もさまざまな感染防止対策に努めている）。

初めての病院食は、夕食から始まった。配膳車に載せられた病院食が運ばれてきて、患者たちがその前に列をなす。彼らは前の人間が受け取るトレイを覗き、自分のはそれより多いか少ないかに神経を尖らせている。「どれもおなじだよ！」が看護師の口癖なのだと、数日生活してみて分かった。

わたしたちは順次食事の配給を受けて席に着いていく。皆座る場所は決まっており、勝手に移動することはできない。わたしは同室の少年と老人、それにあと数人とテーブルを囲んだ。

基本的に私語は交わしてはならない。食事を許されている時間はとても短いので、おしゃべりなどしている暇はない。看護師に選ばれた代表者が「いただきます！」と言い、わたしたちも「いただきます！」と唱え、食事に手を付ける。

わたしが箸を手に取ろうとしたとき。目の前の老人が「かぁー、ぺっ」。自分の皿にやおら痰を吐いた。うっかりそれを見てしまったわたしは、一気に食欲を喪った。いけない！　ここではおやつも自由に食べられないんだ。ここで食べておかないと、空腹を抱えたまま明日の朝まで耐えなければならない。なにも考えるな！　わたしはとにかく食べ物を口に運んだ。味は憶えていない。

トイレの掟

病棟のトイレには、トイレットペーパーは常備されていない。一階にある売店でチリ紙を買い、病室に持ち帰る。売店に行くことができるのは看護師に引率されているときだけだから、減ってきた頃合いを見て買い足さなければならない。

なんでも、以前はトイレットペーパーを常備していたそうだが、それを食べてしまう患者がいたとのことで、その事件以来トイレットペーパーはすべて撤去したのだという。

それにしてもロールされていないチリ紙というものを初めて見た。一応断っておくが、ポケットティッシュのことではない。けっこう大きなサイズの、水洗トイレに流すことのできる紙が、束で売られているのである。それをベッドの横に置いておき、トイレに行きたくなったら必要な枚数だけ持参する。最初は一度の排便でどの程度のチリ紙が必要なのかよく分からず、無駄にたくさん持って行ってしまい、かといって一度クシャクシャになった紙を部屋に持ち帰るわけにもいかず、けっきょく流してしまったものであった。

同室の少年、マレはトイレで尻を拭くのがうまかった。もちろん、わたしは彼のトイレに同行したわけでも、ましてや彼の排便を覗いていたわけでもない。なぜそんなことが分かるのかというと、彼が持ち出すチリ紙の枚数がとても少なかったからである。

トイレの汚さに慣れるのにも時間がかかった。洋式トイレなのだが、便座に汚物がついていることなど当たり前。だから入る前、まず順番にドアを開けていき、とりあえずいちばんきれいな便座に腰を下ろすのである。先に入った人間が流していないのはざらだったし、おむつが放り込まれ、完全に詰まっていることもあった。ドアを開けた瞬間、沈んだおむつから溶け出て便器に浮かんでいる未消化のヒジキを見てしまってから、しばらくヒジキを食べるのが嫌だった（とはいえ腹は減るので口に捻じ込んでいた）。そのときはさすがに業者が来て、渋い顔をしながら詰まりを取り除いていた。

ヨガ行者のおじさん

トイレの手洗い場にはいつも、ある患者が「とまって」いた。手洗い場といえば、手の高さに蛇口や流し台があるものだ。流し台には蛇口が三つほどついていた。鏡はなかった。割って自傷する人が出てくるからだ。

年齢は五〇代半ばくらいだろうか。髭をたくわえ、痩せた浅黒い肌のおじさんは、その流し台の狭い縁に、鳥のようにとまる。そう、まるでハシビロコウのように、じっとそのままの姿勢で静止しているのであった。わたしが感心して見つめていることに気づくと、彼はまるで今、自分が人間であると気づいたかのように、あっさりと人間の動作で流し台から降り、去っていく。しなやかで不動の、鳥のごとき身体。彼が去ったあと、わたしは彼の真似をしようとして、恐る恐る流し台に足をかけた。しかしタイル張りの流し台の縁は、平らとはいえ幅が狭く、いざ乗ってみれば床からはけっこう高い。座った姿勢から尻を浮かそうとしても身体がぐらぐらして、とてもしゃがんだ姿勢で静止することはできなかった。ぐらついたわたしはあわてて飛び降り、振り返ってタイルを撫でた。そう、ここは彼の巣だ。わたしのではない。

入院して最初の頃、眠れないというほどでもなかったが、時折真夜中に目が覚めることもあった。廊下からヒタ、カサ、ヒタ、カサ、とサンダルを引きずる音がする。わたしもトイレに行こうと廊下に出る。

あのおじさんだ。

わたしと同じくジャージの紐を抜かれているので、腰からパンツが見えている。彼はジャージを時折ずり上げながら、片手にはうがいコップを持って歩いている。彼もまたトイレに向かうのだが、目的は違う。うがいコップに水を汲んで、それをぐいっと空けるのだ。そしてまた、部屋に戻っていく。わたしはトイレから戻ればすぐ眠るが、彼の足音はわたしが眠ってしまうまでに、少なくとも二度は聴こえる。昼間も彼はうがいコップを持ってトイレと部屋とを行き来している。時折、彼は看護師から挨拶される。「あんまり飲み過ぎちゃだめだよ」。彼は無言で頷き、水をコップ一杯、注いでは飲む。

おじさんを見ていて、わたしはある土地で葬儀を行ったことを想いだした。その人も精神障害があったのだが、吐くまで水を飲むことがやめられなかった。その人は水中毒を起こしてしまい、何度か倒れた。そのたびに回復してはいたのだが、ある日、いつものように訪れた作業所で症状が急変し、手のほどこしようもなく亡くなったのである。ご遺族の悲しみは大きかったが、わたしも「水を飲み過ぎて死に至る」という事実に衝撃を受けた。今回の入院中、主治医に尋ねたところ、薬の副作用で口腔が渇いてたまらなくなる人や、水を飲むことへの強いこだわり（強迫観念）のある人が、繰り返し水を飲まずにはいられないとのことだった。

強いこだわりと聞いて、わたしは父のことを想い出した。父は出かけるときに鍵をかけると、もう閉まっているのに、何度も戸をガタガタする。目覚まし時計をセットしたのに、何度もアラーム針を見直し、スイッチを押し直す。そんなときには「鍵、鍵、鍵……」とか「〇時、〇時、〇時……」と、延々と呪文のように繰り返している。なにがそんなに気になるのかと思いながら見ていたものだ。

ところが、わたしはわたしで子ども時代、口のなかの唾が気になって仕方がなく、それを呑み込むことができずに、何度も路上に唾を吐いたり、家にいるときには庭に唾を吐いたりしていた時期があった。

また、これは大人になった今でもある癖なのだが、歩いているとき、「何か落としたかな？」としつこく後ろを振り返ってしまう。それに、カッターシャツの固い襟を指でなぞると気持ちがよく、考えごとをするときなど、襟先をペコペコ折ってしまう。こだわりの種類こそ違うが、変なところが父と似ている。ひょっとするとハシビロコウのように流し台の縁に静止するあのおじさんも、水を飲むことだけでなく、あの場所のひんやりとした足ざわり、屈んだ自分の身体から感じられるギュッとした感覚など、そういうことにも　強いこだわりや安心があるのかもしれない。

入浴のルール

病棟の入浴は週二回。これがまた、慣れるのに時間がかかった。何人かごとに名前を呼ばれるので、それまで洗面器や石鹸、タオルなどを持って待っている。呼ばれたら更衣室に入り、看護師の目の前で脱衣する。ここで、受け容れることの難しい試練が待ち受けている。

この閉鎖病棟では、ふだんは屈強な男性看護師がわたしたちを見張っている。なかには元自衛隊員の、胸板分厚く丸太のような腕の看護師もいる。それなのに、入浴の際はなぜか若い女性看護師たちが監視役になるのだ。

正直、二〇代の女性の前で下着を降ろすことに抵抗がなくなるにはかなりの時間を要した。まして、彼女の見ている前で股間も洗うのである。もたもたしていたら「ヌマタさん、まだですか!」と声をかけられる。これは同室のマレをはじめ、思春期の少年たちにとってもつらそうであった。「裸見られるの、嫌じゃない？」というわたしの問いにマレは「もう慣れましたよ」と答えはするが、そのこと自体にあまりふれて欲しくはなさそうだった。

この入浴の試練に追い打ちをかけるような出来事もあった。看護師のひそひそ話が聴こえたときのことだ。病棟にはパートの准看護師もいた。その六〇代の准看護師が、若い看護師に耳打ちしていたのが聴こえてしまったのである。

「あの人、牧師先生なんだって！　しかも出身大学、うちの息子とおんなじなのよ？」

わたしは以前、彼女から親しげに話しかけられて、若干の身の上話をしたことを苦々しく想いだした。うっかり気を許して、自分の職業や出身校について詳細に話してしまったのだ。

だがまさかこんなところで話題にするなんて！

せめて全裸のときくらい、匿名の男Aでいたかった。「見知らぬ女性の前で下着を降ろし、股間を洗う牧師」ではいたくなかった。

閉鎖病棟のあれこれ
01

お茶入れの時間

7：00、11：00、17：00の一日に三回、持参の容器にお茶を入れることができる。薄くてぬるい、ほとんど味のしない麦茶だった

散髪

業者が月末の月曜日15：00に来ることがあり、希望者はこのタイミングで利用。わたしは利用したことがない。希望者は朝食後、10：00前後、昼食前後の時間帯に割り振られる。

バナナ

希望者は第一週と第三週の火曜日に申し込む。すると夕食のメニューにバナナが追加される。

食料

コーヒー、粉末クリーム、砂糖、岩ノリ、モロミ、醤油、ソースを希望者は月の第二週に注文できる。わたしはインスタントコーヒーを妻に面会時持参してもらい、ナースステーションに預けた。

第二章

少年たち

会話

同室の一六歳の少年、マレと仲良くなると、彼の友人たちとも親しくなった。隣室の一七歳の少年、キヨシ。廊下を挟んだ部屋にいる二一歳の青年、カケル。一九歳の大人しい少年、リョウ。彼らはいつも、わたしがいる部屋に集まってくる。

閉鎖病棟は、することが少ない。週なんどかの作業療法や、看護師に引率されての買い物があるとはいえ、基本的には暇である。彼らはとくに夕食後から就寝時間まで、修学旅行で旅館に泊まった子どもたちのようにじゃれあい、ときには喧嘩もした。

マレが自分語りを始めた。

「ぼくはこの春、〇〇校の中等部を卒業しました。で、この春から高等部に入ったんですよ」

わたしはハッとした。幼稚園とも交流のある特別支援学校である。

「その学校、ぼくも入学式や卒業式に、来賓で呼ばれて参列しているよ。ぼくは教会の牧師で、幼稚園の理事長兼園長だったんだよ」

「じゃあ、ぼくが卒業証書を受け取るのを見てたんですね！」

マレの眼が輝く。

「そうそう！　へえ、ぼくたちは出会ってたんだね」

「そういえば、あなたをエレベーターで見たような気が。パリッとしたスーツ姿だったから目立ったんです」

「うん、先に妻が入院していたからね。その見舞いに来ていたんだ。今度は入れ替わりで、ぼくというわけ」

「まさかそんな人と同じ部屋になるなんてなあ！」

「それにしても、きみはなんで入院しているの？　ああ、先にぼくのことを話そう。ぼくは教会の牧師や園長をしていたんだけれど、その、まあ……キレちゃってね。職場で大声で怒鳴り散らしちゃったんだよ。知能テストと医者の診察の結果によると、どうやら発達障害らしいってさ」

「ぼくもそうです。発達障害です。妹を金づちで殴っちゃって。テレビのチャンネル争いをしていたんですよ。それで腹が立って。殴ったあとは彫刻刀握って、自分の部屋に閉じこもりました。ベッドの上で、両手には彫刻刀を持ってね。あと、部屋にはガスガンの拳銃やマシンガン、ナイフもたくさんありますから。立てこもってやろうと思って。そしたら親が警察呼んじゃって、強制入院させられたんです。あ、妹は死んでません。ただ、今回のことですごくショックを受けてしまったみたいで……。ちょっとおかしくなっちゃって、今は別の施設に保護されています」

マレのおだやかな語りと、その内容の壮絶さとのギャップに、わたしはどう相槌を打ってよいのか分からなかった。

マレはとても丁寧な敬語を遣う。表情もおだやかだ。ただ、活舌が悪いので、ときどき聴き取れないこともあった。彼はそのことを気にしている。

「ぼくの言葉、聴きにくいですよね。小学生のときから発達障害の薬をたくさん飲まされて。舌がうまく回らないんですよ。それが恥ずかしくて……」

食後にトレイを看護師に返すとき、交換で看護師が患者に薬を渡すのだが、たしかに少年の薬は何錠もあった。薬を飲み残さないか確かめるため、患者は看護師の前で服薬し、舌を出して看護師に見せる。マレもそうしていた。わたしはといえば、服薬にまつわるこんなささいなことさえ、嫌で仕方なかった。監視されなくても飲むよ！　いちいちストレスがたまった。自由の重さを初めて体験したのだと思う。

少年たちはわたしに興味津々だった。どこへ行くにもついてくる。牧師で、園長もしていた、いわば彼らから見て最も遠い存在であるはずの「先生」という仕事をしていた人間。そんな人間が今、目の前に自分たちと同じ患者として入院していることが不思議でたまらないのだろうか。彼らは折を見てはわたしに話しかけてきた。

彼らの境遇はさまざまであった。どの少年や青年にも共通していたのは、親の度重なる結婚と離婚だった。彼らの親のなかには、六回離婚と再婚を繰り返した人もいた。どの少年や青年も親権はみんな母親にあるので、「一貫した」親は母である。

しかし、母親が再婚するたびに環境は激変する。親が再婚するごとに、日本中を転々としたキヨシ。母親はぜんぜんかまってくれず、いつも新しい男に夢中。キヨシは家族団らんも、母親とのゆっくりとした時間も知らない。

「おれは野球部にいたんですよ。それと暴走族」

「そおそお、おれらのちーむよね」とカケルが相槌を打つ。彼は交通事故の後遺症で、言語と歩行に障害がある。キヨシが続ける。

「おれ、しばらく児童養護施設で育ったんですけど。でもまあ、幻覚や幻聴がね。なんかひどくなっちゃって。あ、牧師さん、幽霊って見たことあります？　おれはあるよ。部屋にね、青い顔が浮かんでるわけ。で、それが見えだすと、もうどこに行っても顔がついてくる。なんか、ずっとこっちを見てるんだよね」

　頷いていたマレが口を挟む。

「ぼくは声かな。ずっと話しかけられて。『殺せよ』『殺したらいいじゃないか』って。すごくはっきり聴こえる」

　彼らは怪談話に興じているわけではない。わたしを怖がらせようと、わざと大袈裟に話しているのでもなく、ただ淡々と事実を語っている。むしろその口調に、わたしは背筋が凍りつくような恐怖を覚えた。

「なるほど、君は施設から学校に通い、野球部にいて、暴走族もやったと。幻聴や幻覚があるから入院したの？」

「ま、それもあるけどね。リストカットね。そうそう、牧師さんに訊きたいんだけど。なんでリストカットしたらいけないの？　腕にね、彫刻刀をぐさっと突き刺す」

キヨシは刺す真似をしてみせる。手つきが慣れている。

「で、あたたかい血が流れてくる。するとね、ほっ、とするんですよ。煙草を一服するのと、そんなに変わらないと思うんだけどなあ。いろんな人から言われたよ？『自分の身体を傷つけるのはよくない』とか『自分を大切にしなさい』とかって。でも、なんでそれがいけないのかは教えてくれない。煙草を吸うのとなにが違うのかなあ。牧師さん、分かる？」

わたしにはなにも答えられなかった。なにも。聖書には「あなたがたは、自分が神の神殿であり、神の霊が自分たちの内に住んでいることを知らないのですか。」（コリントの信徒への手紙一　三章一六節、新共同訳）とある。

わたしは今まで、「自殺はよくない」とか「自分を傷つけてはいけない」とか、「自分を愛そう」などと語ってきた。

しかし彼の一言の前に、すべての言葉が飛んだ。

ありのままの自分を愛そう?

この子たちはもうじゅうぶん、自分の「ありのまま」とやらを見せつけられてきたんじゃないか?

この子たちに言うのか、「『あなたには神が宿っている』って聖書には書いてあるよ。だから神が宿るような、貴い自分を傷つけちゃだめだよ」って?

わたしはこのとき気づいた。自分が神の神殿であり、神の霊が自分の内に住んでいることを、このわたし自身ぜんぜん知らないし、信じてもいないと。そんなわたしが、この少年たちになにを偉そうに言えるのかと。

一七歳で喫煙することが法に触れるということなら、「法律違反だから」と説明できたかもしれない。けれども、なぜ自分の身体を傷つけてはいけないのか。

本人が「ほっ、とする」と言っている、しかも出血多量で死ぬほどには至らない行為を、絶対にダメだと言い切る根拠はあるのか。

わたしは黙り込むしかなかった。キヨシはキヨシで、わたしが答えられないような質問をしたことに対して申し訳なさそうにしていた。どうやらこの病院のなかでは「聖書にこう書いてある」という、あらゆる回答は無効である——そのことだけは答えられそうだ。

競いあう少年たち

「おれはぁ、ぼうそうぞくだったんだけどぉ、じこおこしちゃって。せなかも、あしも、なんかいもしゅじゅつしてぇ、いきのこったんすよ」

二一歳の元暴走族、カケルが、シャツやズボンのすそをめくっては手術痕を見せる。丸刈りの頭にも縫合痕が見える。生還の凄まじさが伝わってくる。彼は歩くとき、やや右足をひきずり、身体をゆらす。指にも若干の麻痺がある。一所懸命話すと涎が垂れる。あるとき、床に涎が垂れていたのを、サンダルを脱いではだしになっていたリョウが踏んだ。

「あれ？　濡れてる……わっ、きたねえ！」

カケルは顔を真っ赤にして、黙って部屋を出て行った。呆気にとられたリョウは謝る暇もなかった。

リョウは物静かで、どこか醒めていた。彼はわたしにささやいた。

「みんないい人たちなんですけどね、たぶん外ではやっていけない。ぼくはね、ここでの友だち関係は、病院の外には持って行きたくないんですよ。ここでのつきあいは、ここだけにとどめておきたい。外に出たら、ぜんぶふっきって、新しくやり直したいんですよ」

リョウは続けた。

「あなたは牧師さんだし園長もしていたっていうし。あなたには話そうと思います。ぼくの母親がね、ずっとストーカーされているんですよ。家の前に、そいつがずっと立っている。そいつは、ぼくとも親しくなって、ぼくを仲間に取り込もうとするんだ。いつの間にかそいつはぼくの家に上がり込んで、監視カメラをつけたんです、ぼくの家に。だからぼくと母親がどんな会話をしているのか、つつぬけです。で、そいつには手下もたくさんいて、みんなでぼくたち親子を追いかけてくるんです」

「警察には？」

「言っても無駄です。署長とそいつとはつるんでいて。警察ぐるみで、ぼくの家を監視しているんです。この病院だって、もうだめです。院長がやつらに取り込まれてしまった。今も監視されているはずです。だからこの会話も聴かれているんです……しっ、大きな声を出さないでくださいね」

わたしはリョウの「状態」を理解した。

　彼らはよくつるんでいたが、同時に競いあってもいた。マレはいつもわたしに言うのだ。

「じつはですね、次の診察で、退院の許可が下りるんですよ……あっ、みんなには内緒にしておいてくださいね」

　彼はわたしに言いふらして欲しそうに見えたが、わたしは黙っておくことにしていた。じっさい、彼が退院できる日は、少なくともわたしが共にいるあいだにはついに来ることがなかった。マレは夢を語った。

「リネンを扱う工場があって。退院したら高校に戻って、ちゃんと卒業して、そうしたらあそこに就職するつもりです」

　マレの夢が実現する日は来るのだろうか。

　少年たちは口々に言ったものだ。

「坂本龍馬って、じつは発達障害だったってネットに書いてありましたよ」

「芸能人とかスポーツ選手に、けっこう発達障害の人いるんですよ」

「発達障害は個性なんです。天才が多いんですよ」

わたしは微笑みながら頷いていた。胸が締めつけられた。たしかに、誰もが知っている歴史上の人物や有名人のなかには、そのような器質がある人もいるのかもしれない。だが、なぜ有名人でなければならないのか。有名人になど、ほとんどの人はなれはしない。まずは精神障害者保健福祉手帳を取得し、障害基礎年金の受給を申請し、その収入を加味しつつ、自分のできる仕事を少しずつやる。そのほうがずっと近道だ……彼らにそんな話をしていいのか迷った。

「今日の診察で退院許可が下りるんです」

勇んで受診しに行くマレは、足を引きずるように帰ってきてベッドに倒れ込む。そんなときは、たいてい一日中寝ている。横たわるマレにリョウが蔑んだまなざしを向ける。

「あいつ、『次の診察で退院できる』って言ってたでしょ？　できるわけがないのに。毎回同じこと言ってるんです。懲りないやつです」

だが次の日には、マレはけろっとしていて、すべてを忘れたように言うのだ。

「もうすぐ退院できるんです。次の診察で、退院の許可が下りるんですよ。あっ、みんなには内緒にしておいてくださいね」


夜が来るたびに、少年たちとの会話にわたしは戸惑い、驚かされたが、楽しかったこともまた事実である。ある日わたしはマレに訊いた。

「ずっとここで暮らしているんだから、マスターベーションするやつもいるだろうね?」

「いますね。でもぼくは薬がきついのか、性欲がぜんぜんないんですよね」

少年たちはしばしば、恋愛話に花を咲かせていた。カケルは別の病院の看護師と恋仲だと言う。マレは性欲がないと言いながら、小学五年生で同級生の少女を相手に童貞を捨てたと自慢する。だが、マレは後日、打ち明けてくれた。

「ぼくの話、あれ、嘘なんですよ。自分だけ今『彼女がいない』って話すのが恥ずかしくて」

わたしは悟った。マレだけではない。他の少年たちの話も、おそらくほとんどが作り話なのだと。病院の外に彼女が待っているという話は、病院の外に出たい、病院の外で他の少年たちのように、あたたかな出会いをしたいという切望なのだと。

一頁読むのに十分かかる

少年たちはみんな、それなりの「ベテラン」だった。何度も入退院を繰り返し、転院も経験していた。わたしよりもずっと病院生活に慣れ、そして、諦めていた。そういうなかに、わたしという異物が入ってきた。それは彼らにとって刺激的なことであったが、同時に残酷なことでもあった。

閉鎖病棟に入ってしばらくは、わたしにはすることがなかった。少年たちはそれぞれ作業療法があり、水曜日と木曜日には階下へ降りていく。わたしは夕方まで少年たちから解放され、静かな時を持った。そのあいだ、ひたすら本を読んだ。聖書も読んだが、あまり入ってこなかった。というより身体がキリスト教の言葉を拒んでいた。

「なんでリストカットしてはいけないのか」という問いに答えられなかったことが、頭にこびりついていた。やがて聖書をほとんど読まなくなった。わたしは、仏典や小説、哲学書などを貪り読んだ。

作業療法から帰ってきた少年たちは、ベッドの上であぐらをかいて本を読むわたしの背中ごしに覗き込む。

「いつも本読んでますね。なに読んでるんですか？」

「『正法眼蔵』を読んでいるんだよ」

「どんなことが書いてありますか？」

わたしはどう答えてよいのか悩んだ。一つには、わたしも仏教の素人だから、難解な『正法眼蔵』の内容を要約して伝えることができなかった。それともう一つ、そもそも仮に的を射た説明ができたとしても、少年たちにそれが理解できるとはとても思えなかった。わたしは苦笑しながら「まあ、仏教の難しい本だ。ぼくにもよく分からないんだけどね」とだけ答えた。

するとと少年たちはさらに驚いた。

「よく分からないのに読めるんですか？　すごいなあ！」

マレが目をみはらせて言う。

「ぼく、やりかけのドリルがあるんです。最近できてなくて……勉強します！」

マレにドリルを見せてもらう。彼は一六歳。特別支援学校高等部の一年生である。だが、彼のしているドリルは小学五年生のものだ。書き取りのドリルに書かれた文字は、みみずが這うようで誤字も多い。左右反転しているものもあった。

「よく頑張ってるじゃない。自分独りでやるのは大変だろう？　教えるよ」

その日からわたしは朝の数十分、マレの国語と算数のドリルを見るようになった。彼はベッドに腰かけ、床頭台（ベッド脇の衣類や日用品を収納する台）にドリルを置き、前かがみになって、一所懸命漢字の書き取りや掛け算の問題に取り組んだ。

マレに触発されたのだろうか。それともわたしの読書姿にか。二一歳の、あの元暴走族の青年カケルも、病院内にある小さな図書室から本を借りてきた。『夜回り先生』のページを涎で濡らしながら、彼は顔面を頁にくっつけるように、一文字一文字、声に出して読んでいた。一頁読み終わるのに十分以上はかかっている。だが彼も一時間以上は本と格闘していた。

二週間に一度の受診のたびに、マレは落ち込んで帰ってきた。

「『こんな簡単なドリルもできないのか』って言われました。退院もまだまだ無理だって」

やる気をなくすマレ。考えてみれば、この病室には机もない。ベッドのあいだにある床頭台の、引き出せる板にドリルを載せて、前かがみになってやるしかない。

あるとき食堂でドリルをやろうとしたら、高齢の患者たちに「しっしっ、向こうへ行け！」と怒鳴られた。わたしはナースステーションに行ってみた。

「すみません、同室のマレのことなんですが」

「あいつ、何か問題行動を起こしましたか？」

「いや、そうではないんです。逆です。マレは一所懸命勉強しようとしてるんです。でも、環境が悪いです。ベッドの前の台で前かがみになって。目にも悪いです。食堂で勉強しようとしたら、おじさんたちに追い払われて。彼は高校に在学しています。彼には勉強する権利があると思うんです。カケルは読書に取り組み始めました。彼らのために自習スペースを用意できませんか？　食堂のテーブルの一つでも構いません」

ひととおり話を聞いたあと、看護主任は答えた。

「ここは病院なんでね。学校じゃないんです。そういうことはできません」

かくして、少年たちの学習スペースを確保するというわたしの願いはあっさりと挫折した。少年たちの学習意欲も、炎が火に、そして炭火になっていくように、だんだんと消えていった。

おねしょ

少年たちは時折、おねしょをすることがあった。彼らは皆、きつい薬を何錠も飲んでいる。尿意を催しても目が覚めないので、ベッドでそのままでしてしまうことがあるのだ。その際にはシーツが交換される。連日おねしょをしてしまった場合や尿の量が多かった場合、マットレスが窓外に干されているのを見かけることもある。

「お前、おねしょしただろう」とマレに尋ねられたリョウは、むっとして「してないよ！」と去って行く。だが、あのマットレスは彼の部屋のすぐ近くに干されていた。

閉鎖病棟の看護師たちは皆、屈強な男性である。患者とは男同士だということもあってか、デリカシーがない。

「シーツ交換するから濡れたやつ廊下に出しとけよ！」

言われたのはカケルだ。彼は真っ赤になって、うがいコップを廊下に叩きつけ、壁を蹴る。駆けつけた看護師が太い腕で彼の首根っこを押さえる。カケルが暴れてもびくともしない。看護師によって壁に叩きつけられたカケルはよろよろ立ち上がると、泣きながら「おれをけしてくれぇ！　ほごしつにいれてくださぁい！　しにたい！」と廊下をさまよい始める。

保護室というのは、病院の地下にある部屋だ。わたしは行ったことがないが、ナースステーションにある監視モニターには、天井から魚眼レンズで見おろすような構図で、独房のような部屋が映し出されている。部屋には布団と便器が見える。いつも誰かが入っており、体操座りをしていたり、右へ左へうろうろ歩いたりしている。看護師は書類の処理をしたりお茶をすすったりしながら、モニターをちらちら見ている。

以前、患者が暴れたことがあった。筋肉もりもりの看護師が彼の首根っこを素早く取り押さえ、注射で鎮静剤を打ち込む。しばらくすると患者はぐにゃりと大人しくなる。あとは保護室へと運ばれていくだけである。その患者は眠りっぱなしであった。本人曰く「起きたら三日経っていたよ」。

「きれい」って
どういうことですか？

入院して二週間になろうとしていた。入院のルーティンには慣れてきた。毎日少年たちと、壁に貼りだされたメニューを見ながら「今日はハンバーグだ！」とささやかな喜びを分かちあったりする。

しかし夕方になってくると、気持ちは沈む。まだまだ入院生活は続くのだ。主治医には最低で三か月、しかしそれは最低であり、じっさいにはさらに長くなる可能性が高いことを示唆されていた。

わたしは、ぼんやりと窓の外を見ていた。夕日を背景に、影絵のようになった山なみが美しい。その手前には、地方のささやかな暮らしを示す街並みが広がっている。そこに広がる建物一つひとつに、人々の暮らしがあるのだ。わたしもつい二週間前まで、そのなかにいた。そこで「まともな人」として暮らしていたのだ。だが今は窓越しにしかこの景色を眺めることができない。この窓はロックされており、全開にして顔を出すこともできない。今やこのガラスの外に出ていくことはできないのだ。自由だった頃はこんな風景など当たり前すぎて、意識さえしなかった。毎日、明日の仕事の予定で頭はいっぱいだったのだから。

そんなことを思い巡らせながら焦燥感に駆られて夕日を眺めていると、いつの間にか背後にはいつもの少年たちがいた。彼らも代わる代わる窓の外を眺めては、今度は窓の外を眺めているこのわたしを見つめる。マレが言う。

「なにを、見ているんですか？」

「夕日だよ。きれいだなあと思って」

マレはきょとんとした。

「『きれい』って、どういうことですか？」

わたしは窓から目を離し、彼らの顔を見た。彼らは不思議なものでも見るかのような顔で、わたしを見ている。たぶんわたしも同じような表情で彼らを見ていただろう。互いが互いにとって未知の存在となった瞬間。

「いや、そのなんというか……きれいって思わない？　外の景色をさ」

彼らは顔を見合わせ、首をかしげる。キヨシが答えた。

「分かりません。『きれい』ってどういうことですかね」

彼らは「夕日がきれいだね」と一緒に言ってくれる親も、友人もいなかったのだ。夕日でなくてもいい。花でも、目の前のかわいい子でもいい。とにかく生まれてこのかた、「きれい」を分かちあう相手がいなかった。

「きれい」という感情は本能ではない。それは誰かと共に「きれいだね」と言いあう体験をとおして、学習することなのだ。ところが、じっさいに「きれい」を体験したことのない人間が、わたしの目の前にいる。そんな彼らに「きれい」とはなにかを、どうやって説明したらいいのだろう。

「きれい」と感じるという、理屈ではない体験を理屈で説明なんかできるのか。

「いつか分かるよ」

彼らから目をそらして、わたしはそう答えるしかなかった。

閉鎖病棟のあれこれ 02

売店での買い物

毎週火曜日、14：00にグループごとに順番にエレベーターで階下に降り、一階の売店でおやつが買える。買ったものはナースステーションに預ける。わたしは名糖アルファベットチョコレートを買っていた。

コーヒータイム

10：00および15：00。病院側で用意した薬缶の麦茶を飲む人もいる。患者がやけどしないよう、ぬるま湯が注がれる。マグカップは投げたり割れたりすると危険という理由から、うがいコップで飲む。

おやつ

毎週火曜日と金曜日の15：00。売店で買ったおやつから、患者の希望に沿った量を看護師が手渡す。ただし多すぎるリクエストは拒絶される。わたしはいつもチョコレート二粒を所望。うがいコップのコーヒーとチョコレート二粒の、至福の時間。

第三章

十字架

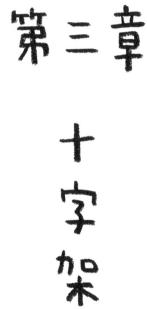

ここまで、わたしが閉鎖病棟で出遭った若い人々について話をしてきた。今まで牧師として、精神科に入院している人の見舞いなら何度もしてきたことがある。だが、そこで未成年の患者を見かけることはなかった。若くても二〇代後半か、三〇代。だから、わたしは自分が入院したとき、同室の少年が一六歳で、彼の周りに十代や二〇代の若者たちが集まってきたことには驚くほかなかった。

とはいっても、やはり男性の入院患者のほとんどは、いわゆるおじさんかおじいさんである。寝たきりに近い高齢者や認知症の人は別の病棟に入院していたのだが、わたしの暮らした閉鎖病棟の患者たちも、その多くは六〇代以上の人々であった。この年配の人々との出遭いもまた、わたしに強い印象を残した。

彫り物のおじさん

少年たちが「ぬし」と呼んでいる、年の頃は六〇代半ばのおじさんがいた。半袖シャツの首筋や腕からは、立派な彫り物が見えている。とても落ち着いた人で、閉鎖病棟に入院するほど重い精神疾患にかかっているとは思えなかった。

だが、わたしは医師ではない。きっと、わたしには分からないなにかを抱えていたのだろう。最初の頃わたしは、その彫り物と強面が怖くて、彼には近づけなかった。

このおじさんがいつもテレビのコントローラーを持っていた。眉間にぐっと皺を寄せて貫録を醸しつつ、食堂の「指定席」にどっしり腰を据え、昼間はワイドショーや映画、夜は歌謡ショーを見ていた。演歌にまったく興味のなかったわたしは、食堂でくつろごうにも、テレビから流れてくる演歌が鬱陶しくてたまらなかった。たまには違う番組が見たい。だが、おじさんの周りには同じ年頃の男性たちが集まって、みんなで歌謡ショーを見ている。「他の番組が見たいんですけど」と言う勇気はさすがになかった。

だがある日、おじさんは意外な一面を見せてくれた。マレが「今日は見たい番組があるんです」と、甘えるように言う。

彫り物のおじさんは破顔し「おう！　そうか」と、気軽にコントローラーを少年たちに手渡した。そして少年たちの見るアイドルの歌番組を、相好を崩して一緒に見ていた。

入院した当初は鬱陶しくて仕方がなかった演歌番組も、そのうちすっかり就寝前の生活風景の一つになっていた。演歌を気にせず、わたしは書き物や読書ができるようになった。

わたしは本から顔を上げて、テレビを見た。『悲しい酒』を歌う美空ひばりが映っている。おじさんたちはまばたき一つせず、ひばりを見つめている。彼女の渋い歌声が、食堂に響く。

歌には「生活の座」というものがある。たとえばラップのなかに歌い手の生活の座（スラム街や貧困など）が滲み出しており、聴く者自身の生活と響きあってその心を摑むように、演歌は彼ら入れ墨の男たちのラップである。

わたしはそのとき、「渋み」を理解したのだった。演歌は渋い(『悲しい酒』は厳密には演歌とは言わないのかもしれないが)。いや、もっと正確に言えば、演歌を聴いているおじさんたちの背中が渋い。ここにいるおじさんたち一人ひとり、人生の酸いも甘いも嚙み分けた、その末にここに辿り着いたはずだ。誰一人好きこのんで、この食堂でパジャマ姿で過ごしている人はいないと思う。ときおり談笑することもあるが、ほとんどの場合お互い会釈程度で、会話も少ないおじさんたち。それぞれの孤独を抱えて、黙って歌に耳を傾ける。精神科病棟で飲酒はできない。だが、『悲しい酒』のしっとりと暗いメロディが、これほどに似合う情景があるのだろうかと思う。美空ひばりにも他の歌手の演歌にも興味がなかったわたしだったが、この日以降、おじさんたちと一緒に演歌を聴くようになった。

映像のなかの美空ひばりはわたしよりも歳下のはずだったが、おじさんたち同様、わたしよりもずっと歳上に見えた。

遊び人のおじさん

頭のつるっと禿げた背の低いおじさんは、元はホテルの料理人だった。彼の隣に座って演歌を聴いていると、おじさんがわたしに尋ねてきた。

「泳ぎながらセックスをしたことがあるかい？　あれは気持ちいいんだぞ。おれはあらゆるセックスを試したから分かる。夜の海でな、岸の明かりを見ながら、立ち泳ぎで女のあそこに入れるんだよ」

「溺れないんですか、そんな無茶して」

「無茶なもんか。女も分かったもんよ。真っ暗な海、街の光がゆらゆら。ええぞォ、泳ぎながら女を抱くのは」。おじさんはにっこり。

おじさんの艶話には、勢いとリズムがあった。年齢から察するに、昭和の半ばから後半の時代の話だろうか。退屈な入院生活に、おじさんの物語は色を与えてくれた。彼は次から次へと、自分が出会った女の話をしてくれた。若くて威勢のいい女。落ち着いてしっとりとした女……。そんなに都合よく女性にモテるもんだろうか。だいぶ話を盛っているのかもしれない。まあ、嘘か本当かはどっちでもいい。

「おれ、アル中でな。どうしても酒がやめられなくて。それで、はるばるここにやってきたってわけさ。出られるのか、ここで死ぬことになるのか。それはもう分からん。でもな、おれは幸せもんだ。息子がね、おれのあとを継いだ。板前になってな。市内のレストランで働いてるよ。もうすぐ見舞いに来てくれるはずだ。おれの自慢の息子だよ」

わたしは微笑みながら頷いた。だが、おじさんに見舞い客が誰も来ないことは、わたしも知っていた。

この病院では「〜さん、お見舞いの方です」と看護師が呼びに来る。看護師が彼を呼ぶ姿を、わたしは入院中、一度も見ることはなかった。彼だけではない。

おじさんたちの誰一人、見舞い客が訪ねてくる様子はなかった。病院の窓の外に広がる街に、ほんとうに彼の息子が住んでいるのかどうかは分からない。それは夜の海と同じ、彼の夢なのかもしれない。

永い入院——ヤマシタさんとタケノさん

わたしが入院した初日、マレともう一人、生活ルールなどを丁寧に説明してくれた人がいる。ヤマシタさんである。この人も六〇代くらいに見えた。彼は病院の一日の流れを、ルーズリーフ一枚に手書きで几帳面にまとめたものを渡してくれた。

マレがあとで教えてくれたところでは、彼はここに入院して二〇年以上になるらしい。ここのことはなんでも知っているとのことだった。病棟内では一切の刃物を持つことが禁じられているし、電気シェーバーも看護師との面倒くさいやりとりの末にようやく手渡してもらえるのだが、ヤマシタさんは看護師たちからの信頼も厚く、病棟の廊下で少年たちの頭にバリカンを当ててやるのも彼の仕事だった。散髪ケープを着けて、テルテル坊主のような姿になって照れ臭がるカケル。それを笑いながら見守るマレたち。殺伐とした入院生活のなかで、わたしが覚えている最ものどかな時間の一つである。

ヤマシタさんは、同年代と思われるタケノさんと仲が良かった。ヤマシタさんが物静かで落ち着いた人であるのに対して、タケノさんはヤマシタさんを兄貴と慕う、ちょっと甘えん坊のおじさんという印象であった。二人はお互いを「タケちゃん」「ヤマちゃん」と呼びあい、おやつの時間などを共にしていた。とくにタケちゃんはヤマちゃんを慕い、二人一緒にいるときには満面の笑みであった。ヤマちゃんも兄貴分として、静かに微笑んでいた。

マレがある日教えてくれて、わたしは驚いた。

「え？　今、なんて？」

「五〇年ですよ。五〇年以上、タケノさんは入院しているんです」

「いつ外に出られるの？」

「もう無理でしょうね」

　わたしは看護師に、半世紀以上も入院することなんてあるのかと尋ねた。彼は答えた。

「社会的入院って言葉、知ってるかな。あの人には引き取ってくれる家族も親戚もいない。ここしか居場所がないんだよ」

　半世紀前というと、東京オリンピックの頃だろうか。もしも今、退院したら、彼は駅の自動改札機や銀行のＡＴＭの意味が分かるだろうか。浦島太郎。しかし浦島太郎であったとしても、ここにいるよりはいいのではないだろうか。五〇年という長さを、まだ四〇代のわたしは想像できない。わたしが生まれる前から、彼はここにいるのだ。わたしの思い出ぜんぶより、彼の入院の記憶は永いのだ……。

そういえば入院するとき、エレベーターの扉が開いたので入ろうとすると、遺体を載せたストレッチャーが出てきたのでぎょっとした。あの遺体の人は、何年ここにいたのだろう。ヤマシタさんやタケノさんのように、二〇年、三〇年、五〇年と暮らした末に、ここで人生を終えたのだろうか。映画『カミーユ・クローデル』のラスト。ロダンに棄てられ精神を病んだカミーユが、その後の生涯を精神科病院で過ごし、そこで亡くなったとテロップが出る。あれは二〇世紀前半の話だ。そんなことが現代、今ここでも起こっているのか？

ある日、看護師はヤマシタさんを呼び出した。

「ヤマシタさん、開放病棟へ移動です。荷物をまとめてください」

閉鎖病棟から開放病棟へ移ることができるのは、ここでは退院に次いでよい知らせである。少年たちも嘘か本当か怪しいものだが、互いに張り合っている。

「おれ、もうすぐ開放病棟だから」。

開放病棟は閉鎖病棟の人々から見た山の手であり、高級住宅地であった。そこに移動できることは栄転なのである。閉鎖病棟からいきなり退院できる人はまずいなかった。開放病棟に移るということは、退院が現実味を帯びることでもあるのだ。

とはいえヤマシタさんも、皆に送り出されるにあたり、どこか後ろめたそうだった。自分だけが出て行くことに、サバイバーズギルトを感じているように見えた。二〇年以上暮らした場所から、ほんの一階とはいえ上階に移動する気分はどんなものだろう。彼にとっては渡航ほどの重みがあったかもしれない。

それにしても可哀想なのはタケノさんであった。タケノさんは、きょとんとしてヤマシタさんを見ていた。ヤマシタさんと力なく握手をしたあと、独り残されたタケノさんは廊下に座り込んだ。

その日からだった。

タケノさんの口から言葉が消えた。わたしが挨拶しても、視線があわなくなった。虚空に向かって、意味不明な叫び声を上げたり唸ったりするばかりになった。繰り返すが、患者が開放病棟へ移ることは、よいことである。ヤマシタさんは二〇年待って、ようやく移動することができたのだから。その二〇年の重みは、他人がどうこう言えることではない。だが、残されたタケノさんは友を、たった一人の「社会」を、喪ってしまった。「社会」を喪った彼は、言葉も喪ってしまった。ヤマシタさんと共に「社会」が去っていったとき、半世紀以上ここで暮らしているタケノさんにとって、わたしを含めた他の誰もが、言葉無き風景、白い壁やベッド同然になってしまったのである。

なんの前ぶれもなく友に去られたタケノさんは、言葉の、すなわち「社会」の足掛かりを喪った。

この話には後日談がある。その後ヤマシタさんは開放病棟でのびのびと暮らしていた。わたしも二か月の閉鎖病棟暮らしののち、ようやく開放病棟に移り、ヤマシタさんと再会。しばしば談笑するようになっていた。

　ある日、ヤマシタさんは看護師に呼び出された。わたしはたまたま妻との面会でナースステーションにいたため、ヤマシタさんたちの会話が丸聞こえだった。そこにはソーシャルワーカーもいた。彼らはヤマシタさんに「退院です」と告げた。呆然と立ち尽くすヤマシタさんに、彼らは退院のための事務手続きについて淡々と説明した。そして今月中に誰かと至急連絡をとり、身元を引き受けてもらう必要があることを告げた。

「ご家族との仲は？」

「いえ……あまり……」

「では、どなたか心当たりのある方に、連絡をとってください」

　そんな人がいるはずもないであろう。だからこそヤマシタさんは二〇年も入院していた、いや、しなければならなかったのではないか。ここでもわたしは、ある映画を想いだすのだ。『ショーシャンクの空に』の、五〇年服役した末にある日突然仮釈放を告げられた囚人、ブルックス。彼の痛みを、わたしは連想せずにはいられなかった。

車椅子の青年

言葉を喪い、唸っているタケノさんの斜め前で、車椅子の青年が虚空を眺めている。第一章にも書いたことだが、彼が大きな声を上げるので、剛腕の男性看護師がその頭を摑み、壁にぶつけていた。わたしが入院初日に見たことである。こんなところでこれから暮らすのかと、気が遠くなったものだ。わたしはとくに義憤に駆られてでもなく、診察の雑談のなかでそのことを主治医に話したのである。

翌日から暴力はぱったり止み、看護師はわたしに媚びるような態度をとるようになった。どうやら主治医が上司に報告し、院内で研修が開かれたらしい。わたしとしては、彼らから媚びられるほうが不気味であり、その愛想から敵意を感じてつらかった。内心ではわたしのことを、鬱陶しいインテリ密告野郎とでも思っているだろう。

青年はいつも、手足を白いベルトで車椅子に拘束されていた。暴れるからとのことであった。しかし、暴れるというが、彼は歩くこともままならない様子だった。

主治医がわたしに打ち明けた。入院した当初の彼は言葉を話し、歩くこともできていたと。しかし彼の主治医が強い鎮静をかけるような投薬を繰り返し、ああなってしまったのだと。今の彼は視線があわず、コミュニケーションができるようには思えない。

かつて言葉を話し歩いていた青年が、今は枯れ木のようになった手足を車椅子に拘束されている――――。

精神科病院というのは、精神の病を治療したり、精神の障害をサポートしたりするためにあるのではないか？　入院した結果、改善するどころか、もともと異常のなかった言葉と歩行を喪うなどということがありうるのか？　いや、ありうるから、目の前に彼がいるのだ。げんに、わたしは見てきている。半世紀以上入院しているタケノさんが友を奪われるや、言葉と笑顔を喪うのを。座り込んで唸ることしかしなくなったのを。他の人だって、あるいはそうかもしれない。まったく言葉を話さない、あのハシビロコウのように流し台に座っていた彼だって、もしかしたら入院したての頃は饒舌だったのかもしれない。

就寝前にわたしたちが食堂でテレビを見ていると、その青年が横たわるベッドごと看護師に押されて、食堂に運ばれてきたことがある。枯れ木のような手足は、やはりベッドに拘束されている。看護師が言う。

「同室の患者が『こいつがわあわあうるさい』って言うんでね。今晩はここで眠ってもらうわ」

看護師は彼の右腕に手際よく駆血帯を縛ると、睡眠薬を注射し、脈を測りながら様子を見ていた。わたしたちも固唾をのんで、彼と看護師を見守る。しばらくは大きな声を出していた彼の声の間隔が開き始め、その声も徐々に小さくなり、少しずつ大人しくなっていく。痩せ萎えた四肢を拘束され、意識を喪いゆく彼の恍惚とした表情。

十字架。

これは十字架に磔にされた、イエス・キリストのイコンだ。その心臓が動き、あたたかい血が通っているイコンだ。彼がここに拘束されているから、世のなかは「まともな」人たちだけで独占していられるのだ。世のなかの「まともさ」を、彼が贖っているのだ。

　わたしはイエス・キリストによる十字架の贖罪の教理を、はからずも今ここで理解し、その残酷さを悟った。イエスは無実であったが、人間の暴力性の犠牲となり、十字架にかけられた。のちの人々は、彼の十字架上の死を、贖罪のための犠牲の山羊、すなわちスケープゴートとして理解した。

　今、ベッドの上に拘束される彼は、社会の「まともさ」のためのスケープゴートである。いや、彼だけではない。この病院にいる人たちは皆、世のなかの「まともさ」を贖っている。

　乾いた地に埋もれた根から生え出た若枝のように
　この人は主の前に育った。
　見るべき面影はなく
　輝かしい風格も、好ましい容姿もない。
　彼は軽蔑され、人々に見捨てられ

多くの痛みを負い、病を知っている。
彼はわたしたちに顔を隠し
わたしたちは彼を軽蔑し、無視していた。
彼が担ったのはわたしたちの病
彼が負ったのはわたしたちの痛みであったのに
わたしたちは思っていた
神の手にかかり、打たれたから
彼は苦しんでいるのだ、と。
（イザヤ書 五三章 二ー四節 新共同訳）

わたしはベッドの前に跪いた。他の人からは、わたしが彼をよく見るために近寄ってしゃがんだだけに思えただろう。だが、わたしはほとんど無意識に、なにかに衝き動かされるように跪いたのだ。日常生活はおろか、礼拝でさえ跪くことなどなかったのに。わたしは十字架に磔にされた「彼」を見たのだ。いつの間にか、彼は静かに眠っていた。

泥コーヒー

病棟では毎週火曜日と金曜日の一五時に、おやつの時間があった。毎週火曜日の一四時に看護師に引率されて、エレベーターで一階の売店へ降りる。わたしたち患者はそれぞれ自分の好きなおやつや飲み物を購入して病棟に戻り、それをナースステーションの看護師に預ける。看護師はおやつの時間にそれを患者に与えるのである。

おやつの時間が来ると、給湯室から看護師が出てくる。わたしたちは並んで、彼女のところに行く。ふだんの看護師は屈強な男性たちばかりであるが、入浴同様、こういうときもなぜか女性である。

「チョコレートはいくつですか」

「二粒でお願いします、あと、コーヒー飲みます」

わたしは一口サイズのチョコレートの袋とインスタントコーヒーを買っていた。看護師からコーヒーの瓶を手渡されると、そこから粉をすくって、うがいコップに入れる。マグカップやグラスの類は、ここでは許されていない。割って自分や他人を傷つける患者がいるかもしれないからだ。

うがいコップの口当たりがどうにも歯磨き粉の味を想いださせる。そして、これもまた患者の安全のため、お湯は風呂くらいぬるい湯を入れられる。湯気もたたずに泡が浮いている。幼稚園の砂場で、子どもたちが泥水をプラスチックのカップにすくって「コーヒー!」と言っていたのとそっくりだ。

なんともいえない泥コーヒー。それでも、窓の外の景色を眺めながらこの泥水をすする時間は、一日のうちで最も幸福を感じるひとときであった。

元少年A

わたしとマレは、コーヒーをすすりながらテレビを見ていた。ワイドショーでは『絶歌』が発売されたことを取り上げていた。神戸で連続児童殺傷事件を起こした元少年Aが三〇代になり、自らの思いを本にしたのだという。コメンテーターが義憤を露わに語る。「彼は反省していないじゃないか！」。わたしはそれを見ながら、横にいるマレの気配と共に思った。

彼は反省していない、いない、いないんじゃない。反省できない、ない、いんだよ。

マレはいつものように、じっとテレビを見ている。

わたしは数日前の、マレとのやりとりを想いだしていた。彼はわたしの代わりにシーツを片付けてくれたりと、ほんとうによく気のつく優しい少年であった。

その彼がぽつりと言ったのだ。

「なんで人を殺したらいけないんでしょうね？　ぼくには、いくら説明されても分からないんです」

それはほんとうに自然な発話だった。「なんで校則を守らないといけないんでしょうね」と思春期の子どもが言うそれが、ちょっと大袈裟になっただけのような。しかし、彼の言葉は哲学的な問いではないことが、わたしには分かっていた。もしも殺してもよい理由があるなら、彼は躊躇わずやるだろう。

マレは妹を金づちで殴り、親に警察を呼ばれ、措置入院となった。それでも彼は家族を金づちで殴打するという行為が「間違っている」ということを、どうしても理解できずにいた。

何度でも繰り返し断っておくが、彼は一所懸命ドリルで勉強しようとし、自分のことだけでなくわたしの身のまわりさえ気遣ってくれる、誠実で真面目な少年である。しかし、なぜ人を殺してはいけないのか、それが彼には分からない。おのれの腕に彫刻刀を突き刺したキヨシの「なぜ自傷はいけないのか？」という問い同様、わたしには答えられる言葉がなかった。おそらくどれだけ言葉を費やしても、マレにとっては「ふうん、あなたはそう思うんですね」以上にはならなかっただろうと思う。

わたしたちは当たり前のように反省という言葉を遣う。誰かを傷つけてしまったら、傷つけたことを後悔もする。反省も後悔もしていない場合、それは自分の行為が正しかったと思っているということだ。その思いは相手への憎しみとか、その憎むべき相手を傷つけることは間違っていないという確信とつながっている。

しかしマレは違う。彼は妹を憎んでなどいない。

そのときはそれぞれ見たい番組があって、ちょっとした兄妹喧嘩をしたらしい。だが兄妹喧嘩とはいえ金づちで妹の頭を殴ればどうなるかは、一六歳にもなれば想像はつくと、たいていの人は考えるだろう。しかも日ごろから妹を憎んでいたわけではないのだから、なおさらである。けれども、彼はそうした。しかも、周りからどんなに諭されても、自分のしたことが妹の命を奪いかねなかったことの重さが実感できない。そのうえ、マレからは「いいや、わたしは間違っていない。こいつを痛めつけることは正しい」というような、抵抗する自我も見えてこない。そもそも「『間違っている』とはなにか？」ということ自体が彼には理解できないような。わたしには、そう感じられた。目の前の蟻を潰すことと、人間を殺すこととの違いはなにか？　哲学的問い以前に、ふつうなら「理屈は分からんがとんでもないことだ！」とブレーキがかかる。だが、彼は言う。それも、とても紳士的な態度で、わたしへの敬意を持って。

「人間も動物も、虫も、変わらないでしょ。なんで人間だけ殺しちゃだめなんですかね」

わたしは元少年Aを弁護したいわけではないし、マレを断罪したいわけでもない。彼の妹は辛くも無事だった。ひょっとすると「妹を金づちで殴った」という言葉さえ事実ではなく、すべては彼の妄想に過ぎなかったのかもしれない。できればそう信じたい。

とはいえ、ここに措置入院させられる程度のことをマレはやったわけだ。すべてが嘘だというわけでもないだろう。これはきわめて危険な、差別と紙一重の発想かもしれない。だが正直、わたしは思うのである。世のなかには「人を傷つけてはいけない」という感覚を、思想云々ではなく、そもそも器質的に持つことができない人がいるかもしれない可能性を。そしてそういう人に対しては、テレビのコメンテーターの「彼は反省していないじゃないか！」というような義憤とはまったく異なる、新しいアプローチが必要なのだということを。

少なくともわたしの小さな正義では、目の前のこの少年について、一言も語り得ないことだけは分かった。そして、これも素人判断に過ぎないが、彼が危険だからといって、学習の機会も与えず、この閉鎖病棟に閉じ込めておくこともまた、正しい判断であるとは思えなかった。

独りになれないストレス

入院して二か月になると、わたしのストレスも限界に達した。それほど広くない病棟で、朝から晩までずっと少年たちと顔を突き合わせて過ごすことが、わたしには苦痛になってきた。

彼らにはまともに向きあってくれる親がいない。もちろん親たちにも、彼らを抱えきれなかったそれぞれの事情があったとは思う。わたしも幼稚園の園長の端くれだったから分かるのだが、親だから子を育てて当たり前だとは、とても思えない。親にも支援が必要である。自分ではどうしようもできないと思った親が、それぞれの決断のなかで、我が子を閉鎖病棟へと送ったのだ。まずまずの頻度で見舞いに来る親もいれば、来ているのを見たことがない親もいる。

そうした複雑な背景のせいだろう。親世代であるわたしがどこに行くにも、彼らはついてくる。独り静かに本を読みたくても見境なく声をかけてくる。トイレに行っても、食堂へ行っても、窓の外を眺めていても、彼らはついてきて、話しかけてくるのだ。わたしに話を聞いてもらいたいのだろうし、げんにわたしが話を聞くものだから嬉しいのだろう。周りの大人に、まともに話を聞いてもらったことがない悲しみが、こういう形で現れる。

とはいえ、わたしは彼らの親ではないし、仮に親であっても、この状況はきついと思う。独りになれる時間が一切ないということが、これほど厳しいものだとは思わなかった。

最初の頃は懐いてくる少年たちにできるだけ愛想よく応対していたわたしだが、だんだん邪険に突き放すようになっていった。ときにははっきりと「わるいが独りになりたい」と意思表示もした。それでも、とくにマレはわたしについてくるのだった。他の少年たちとは異なり、マレはほぼまったく、わたしの感情を察することができなかった。彼は感情をほとんど顔に表さないだけでなく、わたしの表情の意味も分からないようであった。

今振り返って、わたしは、マレがわたしに「つきまとっていた」とは言いたくない。看護師は仕事で彼に接する以上、コミュニケーションは必要最低限。マレの主治医も診察のときだけ、それも会話は症状に関することだけである。

わたしは一度、マレを連れてナースステーションに行き、ソーシャルワーカーにマレの話を聞いてもらおうとした。しかしソーシャルワーカーは「はいはいはい」とマレの両肩を掴み、回れ右をさせてナースステーションから追い出した。

「なぜ人を殺したらいけないのか分からない」と問うからといって、彼に感情がないのでは断じてない。むしろ「殺したらだめなものはだめなんだ」と語る周りのすべての大人たちと、自分だけが体感レベルで違っているという孤立感。想像すると寒々しいものがある。大人だけではない。同年代の子どもたちも含めたすべての人間たちのなかで自分だけが、考え方も感じ方もまったく違うのだ。彼は人間たちのなかで、自分だけが宇宙人だと思っているかもしれない。あるいはその逆かもしれない。思春期などという言葉では到底語り切れない、周りとまったく話が噛み合わない一六歳の少年の寂しさ。たしかに彼には殺人が倫理にもとるという感覚が分からない。多くの人が「ふつう」「まとも」と思っている、というか、当たり前すぎて思いすらしないことが、マレにはまったく分からない。だから、彼はわたしへの迷惑も考えることができなかった。

彼は関わって欲しかったのだ、大人に。治療という関係性とは別の仕方で。患者Aではなく、マレという一人の人間として。

看護師の十字架

主治医が治療中、こっそり打ち明けてくれたことがある。

「ここではね、わたしたち医師にはあんまり権限がないんですよ。まあ、日ごろ現場を預かっている看護師たちの意見のほうが力を持っていますね」

主治医の言葉の真偽はともかく、わたしたち患者と過ごす時間が最も長いのは、たしかに看護師であった。

ある晩トイレに行く際、当直の看護師と話す機会があった。わたしは性懲りもなく、もう少し少年たちの待遇はなんとかならないものだろうかと話してみた。この病棟の看護師長である彼は、静かに答えた。

「ヌマタさんのおっしゃることは、ほんとうによく分かります。我々にも葛藤があります。そして、できる限りプロフェッショナルとして努力はしています。でも、我々も人間ですから」

誠実そうな彼の顔には疲労が見えた。仕事の疲れでもあるだろう。だが彼の声には、自分のしていることへの葛藤による疲れもあるように思われた。

もしもこれまでのわたしの文章を看護師の方が読まれたなら、看護師が悪役のようにしか語られてこなかったのでうんざりされただろうと思う。途中で読むのをやめておられなければ嬉しいのだが。看護師の方々には、ほんとうに申し訳ないと思っている。

患者だけがあれこれ不満を抱いているわけではない。限られた人員、厳しい待遇のなかで、最大限の配慮を振り絞って働く看護師のストレスもまた、壮絶なものがあるだろう。

もちろん患者に対する虐待やネグレクトがあってはならない。しかしさまざまな要因によって、ときには患者が一日中大声を出し続けたり、暴れたりすることもある。看護中に腕に嚙みつかれることだってあるのだ。看護師が嚙み跡を見せてくれたことがあったが、太い腕に歯型がくっきり残っていた。

看護師も人間である以上、それぞれの患者との相性もある。看護師に対してひたすら悪態をつき続ける患者もいるなかで、それでも笑顔で看護をし続けろというのは酷である。患者が看護師に罵詈雑言を浴びせ、その人格を否定するなら、それは患者による看護師へのハラスメントである。このような過酷な現場では「障害も個性」といった、キラキラした言葉は色褪せてしまう。看護師たちは日々患者と向きあい、闘っている。いつも本気で患者と向きあい、闘い続けていれば、屈強な看護師であっても疲れ果て、倒れてしまうだろう。手を抜かねばやっていられないことだってあるはずだ。

それに、これほどにきつい仕事にみあった給与を彼らが受け取っているのかは、分からない。

ふと、保育現場で過酷な待遇で働く保育教諭たちの顔が思い浮かぶ。彼女たちは希望に胸を膨らませて保育の現場に入り、だがその多くは一年か二年で、ボロボロになって退職していく。精神科病院の看護師もまた、バーンアウトして離職する人が多いのではないかと思う。辞めないで仕事を続けている看護師からすれば、限られた人員で現場を回していくためには、患者の人情になど付き合っていられないだろう。これは看護師個人の資質の問題ではなく、彼らが働く病院の、そして日本の精神科医療の問題なのだ。

コトブキタイシャ

看護師の一人が退職することになった。ナースステーションではささやかな送別会が催されている。お腹の大きな彼女は満面の笑みで、男女含めた同僚たちから祝福の言葉を受け、そのうちの一人から花束をもらっている。彼女と親しそうな女性看護師が、まだ生まれぬ命を心から愛でるように、そのお腹に触れて優しくさする。そこには苦楽を共にしてきた仲間たちが共有する、時間と空間がある。

――強化ガラスに守られた時間と空間が。

そう、患者であるわたしたちとは強化ガラスで隔てられた、ナースステーションの世界である。ナースステーションは強化ガラスの向こう側にある社会である。強化ガラスが、「社会の内側」と、わたしたちの暮らす「社会の外側」とを遮断する。結婚も出産も存在しない社会、すなわち強化ガラスのこちら側では、強い薬で制御された車椅子の男たち数人が、焦点の定まらぬ眼をナースステーションに向けている。いや、ナースステーションの人々ではなく、社会と自分たちとを隔てる、指紋で汚れた強化ガラスを凝視している。

最近は若者たちのあいだで「キモい」という言葉がよく遣われる。「キモい」という言葉の力は、まるで強化ガラスのようだ。この日本において「キモい」とみなされることは、強化ガラスで隔てられることに等しい。キモさのレッテルによって隔てられてしまった人々は、隔てた側の人々から見て、もはや性的な存在ではない。

酷い場合は人間でさえない。閉鎖病棟の風呂、女性看護師の目の前で全裸になって性器を洗っていても、気にも留められない存在であるように。「キモい」と認識されることは、言葉の強化ガラスに隔てられることである。それはもはや異性とはみなされなくなることでもあるし、事と次第によっては人間とさえみなされなくなることとの烙印でもある。「キモい」は強化ガラスよりもっともっと透明で、指紋の跡もなく、誰にも見えない。いつも清潔で手入れもいらない。しかし強化ガラスよりももっと強固な、社会的強化ガラスである。だから誰もが気軽に他人に対して「キモい」を遣う。

病院で「差別だ。強化ガラスを取り払うべきである」と主張すれば、ただちに反論されるだろう。「看護師たちの安全を保護する義務が、病院にはある」と。これを否定はできない。同様に「キモいという言葉を遣うな、あなたがまさに『キモい』と感じる人と隣りあえ」という主張にも、反論の言葉が返ってくるだろう。そしてわたしは、それらの言葉に対しても、なんら応答する力を持ってはいない。

閉鎖病棟のあれこれ

03

風呂

毎週火曜日と土曜日の9：00から、五人くらいずつ順番に入る。先に入った人が出てくるし、脱衣所は狭いのでごったがえす。外で女性看護師または准看護師が二人、風呂でビニールエプロンにゴム長靴姿の看護師一人が監視。脱衣から入浴に至るすべてを見られている。一人十分以内。遅いと「まだですか！」と急かされる。

主な持ち込み禁止品

◆**刃物**（髭剃りは電気シェーバーをナースステーションに預け、剃るときだけ受け取る）
◆**スマートフォン**（開放病棟に移ってからは、ナースステーションに預け、一日に午前と午後の二度だけ閲覧可）
◆**紐**（靴紐からジャージの紐、ベルトに至るまであらゆる長いものは持ち込み禁止。誰もベルト類をしていないので、がばがばの靴を引きずり、自然に腰パン状態になってパンツが見えている。捕虜や囚人を思わせる）

第四章

診断

入院している仲間たちのインパクトは、あまりにも強かった。つい長々と語ってしまった。しかし、わたしの目的は、好奇の目で彼らの行状を陳述することではない。彼らとの出遭い（たんなる出「会」い、ではなく）をとおして、自分の目がどう開かれたのか、すなわち自分自身がどう変えられていったのかを語ることこそ、本書を執筆するに至った動機である。

そう、とくに閉鎖病棟での生活において、ときにはいざこざもあったが、彼らは「仲間」だった。閉鎖病棟では患者の怪我や事故のリスクが、開放病棟のそれよりも高い（と信じられている）。だから看護師たちによる監視の目も厳しい。監視する者と監視される者。ナースステーションで寿退職を祝う看護師たちのように、監視する者には互いを労いあう仲間意識がある。わたしたち閉鎖病棟収容者たちにもまた、監視される者同士の連帯感があるのだ。

この感覚を、入院したことのない人に伝えるのは難しい。ドストエフスキーの『死の家の記録』を読んでいただければ、「なるほど、こういう感じか」というのがお分かりいただけるかと思う。

知能検査

ここらへんで、わたし自身の入院生活について語らねばならない。

わたしは入院する数日前に、ＷＡＩＳ-Ⅲ（ウェクスラー式成人知能検査）とロールシャッハ・テストとを受けた。それは、外出許可の出た入院中の妻と病院前の河川敷を散策した、その日の午後のことであった。

序章で、わたしは入院を拒んだと語った。自分に「障害」があることを認めるというのは、勇気がいる。わたしは牧師をしてきて、統合失調症の方やうつ病の方など、さまざまな精神疾患のある方と出会ってきた。トラウマに苦しむ方と共に祈ったこともあった。精神疾患があろうがなかろうが、神は人間を分け隔てしない、そう信じてきたはずだった。ところが、こと自分の「障害」を認めるとなると、これができない。「病んだ」他者と向きあう自分は「まとも」である、あらねばならぬ、ありたい……。そのことにしがみついている自分を感じる。妻に対してさえそうであった。

妻は数年前にも、精神科に入院したことがあった。心身に波のある彼女を支えようと、わたしは料理や洗濯などをできるだけ自分でやってきた。しかしそれもまた、「病んだ妻を支える健常な夫」という自己イメージにおいてであることを、わたしは自分が入院という事実を突きつけられるまで自覚していなかった。

だが午前中、二人で病院の前の河川敷を歩いたとき、入院になんの抵抗もこだわりもない妻を見て、わたしは恥ずかしくなったのである。ふだんから神の愛を説き、キリストは誰も差別などしないと語っておきながら、「まとも」と「まともではない」とのあいだに線を引き差別しているのは、他ならぬこのわたしではないかと。そしてわたし自身は、なにがなんでも自分を「まとも」のほうへ置こうと、健康であることにしがみついているではないか。そのことを思い知らされたわたしは、午後になって知能検査を受ける頃には、よし入院しよう、むしろ一日も早く入院したい、そう思うようになっていた。

ぜんぶあわせて三時間以上はかかっただろうか。しかしそれほどの疲労は感じなかった。ＷＡＩＳ-Ⅲを受ける前「緊張しないでくださいね」と臨床心理士に言われたのだが、その時点ですでに吹っ切れていたわたしは、むしろリラックスし過ぎていたかもしれない。テストを受けている途中、臨床心理士からはなんの指示もされない。彼女はただ、わたしの様子をじっと見ているだけである。わたしは分からないパズルなどが出てくると「こうかな？　それともこうか！」などと、ゲームで遊ぶようにのんびりとやっていた。なにしろ「そろそろ次の問題に移ってください」と注意もされないのである。解けそうで解けない問題など、わたしは解けるまでゆっくり取り組んだ。たぶんほとんど間違わずに解いた。

テストのあとで臨床心理士から説明を受けた。この、「問題が解けるまでゆっくり取り組む」姿勢こそが、どうやら発達障害の強い傾向を示しているようだということであった。

健常者の場合、解けない問題にぶつかると「空気を読んで」その問題は飛ばして次に取り掛かるのだそうだ。目の前の問題のみに集中するのか、それとももっと大きな全体に目を向け、能率や効率を考えるのか。一問にいつまでも立ち止まってもたもたすることで、全体の進捗に支障が出てしまう。部分の完成度よりも全体を間にあうように仕上げること。細部にこだわらないこと。それが健常者の目の付けどころなのであって、わたしにはそれがないとのことであった。

ああ、言われてみればそうかもしれないなあ。わたしはなんとなくではあったが腑に落ちた。だから幼稚園の書類整理やスケジュール管理があんなにできなかったんだ……。

ロールシャッハ・テストについては、謎解きのようでもあり、抽象絵画鑑賞のようでもあって、これはほんとうに楽しかった。わたしはもともと美術館巡りが趣味であり、絵画を鑑賞することが大好きなのである。

「ここが顔のように見えます」

「どんな顔に見えますか？」

「魔法使いのように見えます。あ、ここにも人がいます！」

そういうやりとりを臨床心理士と、どれくらいしたのだろうか。わたしは時間を忘れて取り組んだ。だが、このテストについての結果説明は意外なものだった。あんなに楽しかったにもかかわらず「強い不安が表れている」と臨床心理士に言われたのである。ロールシャッハ・テストを受けていたときの「楽しい」というリラックスした感情。一方で、そこでわたしの下す解釈が強い不安を表しているという事実。両者がどうにも一致しないように思われた。しかしこれもまた「専門家がそう言うのだからまあそうなんだろうな」という感じで、わたしはとくに抵抗もなく受け入れた。

結果として、わたしには自閉スペクトラム症的な発達障害の可能性が強いとの診断がなされた（ちなみに「アスペルガー症候群」は二〇一三年発表のDSM-5により、現在では「自閉スペクトラム症」という表現に改められている）。しかし主治医はわたしについて、妄想性障害や境界性パーソナリティ障害の疑いも探っていた。詳しくは診断的治療をとおして調べていきましょう、とのことであった。わたしは自分のことながら、なにか遠いものを観るように医師や臨床心理士の営みを観ていた。

診断とはいっても、精神は目に見えないものである。だからわたしの言動から解釈するしかない。それも本に書かれている活字なら、昨日と今日とでその文字が変わったりはしないが、わたしの言うことは毎日変わるのだ。精神科って神学のようだ。見えず、さわれないなにかを〝客観的に〟扱うのだから。

主治医は個性の強い人だった。しかも彼は偶然にも、わたしと同じプロテスタントのキリスト教徒だったのである。このことはわたしにとって幸運であった。というのも牧師という職業の特殊さについて、医師に対して一から説明するのはとても面倒なことだったし、そもそも説明したところで理解してもらえるという保証はないからである。今までも多くの人に自分の仕事について説明しては「そりゃあ、分かってもらえないよな」との無力感にうちひしがれてきたわたしにとっては、彼が主治医であることは有り難かった。

認知行動療法ノート

主治医には「認知行動療法ノート」を書くように言われた。書店でも認知行動療法ノートが商品化されたものが売られている。それらを見ると、ちょっとした行動を書き込んでいく欄があり、それに対する評価の欄が別にあったり、ポイントなどの点数でその評価を表したりするようになっている。書き込む文章はメモ程度でも済むようになっており、かなりシンプルで俯瞰的である。

しかし主治医の指導は独特だった。一覧表や評価付けではなく、ほぼ日記といってよいものをわたしに書くよう指示したのである。その日の出来事を記し、その出来事に対する感情の動きも記す。それも詳細に、長文で。それを毎日積み重ねてゆくのだ。そして数日後にもう一度その記述を見直し、そのときに分析できたことを、今度は赤で書き加える。医師が言うには、そうやって「自分の内面を見つめ、深めていく」ことが大切なのだそうだ。

過去の記述に赤で書き加える行為は、つまり過去の自分との対話である。入院中は日々そのように過去の自分と対話を重ねるよう、医師はわたしに繰り返し指導した。

たとえば、ある日の「日記」には、こうある。

○月○日○曜日

朝、寝覚めが悪く、しんどかった。どのタイミングでか忘れたが、やけに分かりやすい悪夢を見た。私がベッドで寝ているそばに、○○牧師と○○君が立って話をしている。○○先生が言う。「これは、まだまだかかるねえ。当分無理かな」。いつの間にか牧師は立ち去り、○○君だけになっている。彼に私は主張する。「俺は元気だ。どこも悪くないんだぞ？」。○○君が残念そうな表情で応える。「いや……ぬまたさん、そうじゃないんですよ。自分の状態を認めてください。今は治すことに専念してください」。

潜在的な自分の病気や障害を認めたくない願望と、認めないといけないという義務感とが、激しくぶつかりあっているのだろう。とても疲れる夢だった。

レクリエーションで久しぶりにカラオケを歌った。はっぴいえんどの『春よ来い』。いつも当たり前に家族と過ごしていた正月を「どこで間違えたのか」家を飛び出し、独りで迎える主人公。除夜の鐘に耳を塞いで……

七夕の短冊も書いた。「ここにいる人みんなが笑えますように。しんどくて泣いている人も、微笑めますように」。

この「日記」には二か所、後日の書き込みがある。赤で下線が引かれているところは、欄外に線を引っ張って「妻（実名）も、自身の症状を受容し『自由に』なるのに五年かかったと言っている。簡単な道ではないことは確かだろう」と、やはり赤ペンで書き足している。

また、楕円で囲った「どこで間違えたのか」というはっぴいえんどの歌詞については（正確な歌詞は「どこでまちがえたのか?」）、「自分の中の、受容しきれていない想いの仮託」と、これも赤書きしてある。

「ありのままのわたし」でいいのか？

対話する相手は自己だけではなかった。認知行動療法ノートは診察のたびに、主治医にも見せた。彼はそれを注意深く読み進めながら、次々に指摘するのだった。「先生、なぜこんなふうに感じたのですか？」「ここでこのように行動したのは、どうしてですか？」

主治医の問いかけには「もっと他に感じ方があったのではないか」「他に取りうる行動の選択肢があったはずだ」という、強い批判のニュアンスが表れていた。では、わたしはどうすればよかったのか？　どう考え、どのように行動すればよかったのか？　わたしには、さっぱり分からなかった。当たり前だが、医師もそれを教えてはくれない。わたしには分からなかったというのもあるし、そもそも分かりたくなかったというのもある。これまでまったく意識することのなかった、わたしのプライドがその姿を顕した。このプライドが、自己理解を深めるうえで邪魔をしている。医師にやり込められたくない、自分を正当化したいという想いが、自己理解への欲求よりも先に立った。

医師を操ろうとする

あるとき主治医は厳しい口調で、わたしにこう言い放った。

「ヌマタ先生、あなたはわたしを操ろうとしていますね？　じっさい、あなたのように知的な仕事に就いておられる方が、こうして治療ベースに上がってくることはとても珍しいんです。医師や弁護士、学校の先生なんかもそうなんですけどね。『あなたは発達障害かもしれない』と誰かから言われても、受け入れようとしない。受け入れないだけじゃなくて、指摘した相手を見事に反駁してしまう。

自分には障害なんかないし医師にかかる必要などない、健康であるというじゅうぶんな理由を自分は説明できる、と。きれいに理屈で論駁してくるもんだから、誰も歯が立たなくて、けっきょく本人に治療を勧めることを諦めてしまうんです。そのなかで、それでもあなたはこうして治療を受ける気になってくれた。そこまではよかった。でも今、こうして言葉巧みに、自分の都合のよい診断結果になるよう、わたしを誘導しようとしています。これでは、わたしはあなたを正確に診察することができませんよ」

プライドを逆撫でされる言葉の連続であった。主治医はわたしに遠慮しなかった。

それどころか、わたしをわざと怒らせようと挑発しているようにさえ見えた。彼はつねにわたしの目を睨み、視線は決してそらさず、真正面から言葉を投げてくるのだった。

あるときなど、追い詰められたわたしは、込み上げる苛立ちや怒りに我慢ができなくなり、椅子を蹴とばして「こんなものは治療ではない！　わたしへの侮辱だ！」と叫んだ。それでも彼は一歩も引かず、ひるまなかった。わたしには彼の一言一言が重く突き刺さった。主治医の投げかけた数々の言葉は、退院してずいぶん経つ今なお、わたしにとって、牧師として人と向きあうことへの課題となり、響き続けている。

そんな言葉の一つが、これである。

「先生、あなたは今さぞかし、わたしに自分のありのままを受け入れて欲しいでしょうね。『今までよく頑張ったね。おつかれさま。あなたは悪くないんですよ』と慰めてもらいたいんでしょう？　そうやって労ってもらいたいでしょうね、みんな周りのせいにして。でも、ここでやるべきことは、それじゃあないんですよ。あなたがこれまで積み重ねてきた挫折の数々。あなたはそこにある共通点を見つけ出し、見つめ、内省を深めなければならないんです。そうでなければ、あなたはこれからも同じ挫折を繰り返すだけです。あなたはなにも変わらないでしょうね。ほんとうに変わりたいのであれば、あなたは自己の内面を見つめ、なぜ今こうなっているのか、自らの思考の癖について、考えを深めていかなければならないんですよ。それができないというのであれば、治療はここでお終いです」

「ありのまま」って？

牧師としてわたしは多くの人にメッセージを発してきた。

「あなたはありのままでいいんですよ」

それはその言葉が、なによりわたし自身にとって心地良かったからである。だが「あなたはありのままでいい」ということは、あなたは今のままでいい、だからわたしはあなたになにもしないという、他者への無関心を糖で包んだ言葉に過ぎなかったのではないか。あるいは、わたしも今のままで行くから、あなたはわたしに余計な干渉は一切しないでくれという、自己と他者のあいだに壁をつくることだったのではないか。

「ありのまま」を批判するというのは「甘ったれんな！」という根性論とはまったく違う。ありのままでよくないからといって、歯を食いしばって無理を耐え忍べというのでは決してないし、そんなことをしていたらそれこそ倒れてしまう。主治医もおそらく、そういうことをわたしに求めたのではなかったはずだ。「ありのままでいい」という言葉に、他でもないこのわたし自身がいったいなにを求めているのかということ。それをこそ吟味しなければならないのだ。

「ありのまま」という言葉を武器にして、多弁な言い訳によって自分を糊塗し、なんでも人のせいにする。自分は無垢な被害者なのであり、つねに他者こそがわたしへの加害者であると、他者を断罪し続ける。それでいいのかが、今、わたしに問われていることなのである。

さらにわたしにとって難しいことがあった。いつも他人のせいにしているのが間違いであるなら、なにもかもわたしが悪かったのだ――今度は極端な自己卑下に流されそうになる、流されたくなるという傾向である。

主治医がわたしを治療するにあたり、わたしの生きる自信を奪い取ろうとしているわけでは決してないことは、彼の真剣そのものの態度から明らかだった。わたしを自己卑下へと貶めることが、わたしに生きる自信を取り戻させることになるとは、到底思えなかった。だからわたしは、この傾向とも向きあわなければならなかった。

被害者ポジションに居座るのでもなく、根性論でもなく、自己卑下でもない。これまでの「ありのまま」像とは違った在り方を探す。困難な道ではあったが、これまで自分では考えたこともない自己探求であった。

「ありのままでいい」と言ってもらいたいわたしの願望を自己批判せよという主治医の言葉は、たんなる「ありのままではよくない」というのとも違っていたのかもしれない。わたしが「ありのままのわたし」と思っている自己像は、そもそも、ほんとうに「ありのまま」のわたしなのか？　そこをこそ問えと、主治医はわたしに要求したのかもしれない。「ありのまま」なんて、自分が思っているほど簡単に分かることではないのだ。そのときどきの自分にとって都合のよい自己理解を「ありのままのわたし」と呼んでいるだけかもしれないし、もしも「ありのままのわたし」というものがあるとしても、それは固定的でずっと同じ状態なのではなくて、どんどん変化していく、川の流れのようにつかみどころのない「ありのままのわたし」なのかもしれないではないか。

善かれと思ってしたことが

キリスト教には「罪」という言葉がある。神や人に対して背信行為をしたという具体的な悪事について指す場合も、もちろんある。しかし聖書で使われるギリシャ語がほんらい持っていた意味は、「的を外すこと」である。

古代ギリシャの戦いを思い浮かべてもらいたい。戦場で敵めがけて槍を投げる。

戦いは命がけだ。槍が敵に命中しなければ、自分が殺されてしまうかもしれない。旧約聖書にも戦闘中、敵めがけて石を投げる場面がある。いずれにせよ殺すか殺されるかの真剣勝負である。戦場でふざけて、わざととんでもない方向に槍や石を投げる人間などいない。

人間が生きることは、不真面目なことだろうか。もちろん、日々の生活のなかで、ふざけて冗談を言うこともある。だが、ここで言っているのはそういうことではない。人間がこの世に生を享けて、死なずに生き続ける、生き続けようとする、それも他者たちと共に。そのことは不真面目な行為なのかということである。「死にたい」「生まれてこなければよかった」と思うことも含めて、すべて真剣に生きてきた結果である。一所懸命に生きているのに、それこそ誰かのために命がけで生きてきたのに、的を外してしまうことだってある。誰かを愛して、その愛が相手を傷つけてしまうことが。相手だけでなく、自分も満身創痍になることさえある。最初から意図的に傷つけよう、傷つこうと思って誰かを愛する人はいるだろうか。愛もまた的を外す。主治医と向きあう今、わたしにとっての「ありのまま」像も、この「的外れ」との関連でその姿を浮き彫りにしつつあった。

わたしは「これこそがわたしの『ありのまま』だ」という像を、何度も繰り返し、わたし自身という的へ向かって投げ続ける。しかしそれらはことごとく的を外し、わたしの内には今や、的を外した無数の槍が突き刺さっている。それらの槍はわたしの内部に突き刺さったまま、じんじんとわたしを痛め、わたしを内側から傷つけるのである。そうやって、ありのままどころか、わたしを苦しめる無数の自己イメージが、ますます増殖していくのだ。

自分の投げた槍が的を外していることを確認するだけでは、まだ足りない。投げ方を吟味する必要がある。陸上競技で槍投げをする選手は、つねに自分のフォームをチェックし続けているはずである。余計な力が入ったり、不要な癖がついたりしてはいないか。フォームに不備が見つかれば、今度はそれを取り除くための練習を重ねるだろう。

主治医がわたしに要求した『ありのままのわたし』という願望それ自体を問いに付せ」とは、これである。

わたしのイメージする「ありのままのわたし」というあれこれの理想像は、おそらくどれも的外れである。的外れなだけでなく、わたしを苦しめる縛りや痛みとなっている。それらの理想像一つひとつを吟味していっても、時間ばかりかかって生産性がない。そうではなく、そのような「ありのまま」という槍を投げてしまう、その欲望のしくみ自体に潜む、自分の思考の癖を問わなければならない――これが、主治医がわたしに課したことだったのである。

SNS依存

入院、ことに閉鎖病棟に入院するというのは、どこか瞑想生活に通じるものがある。入院生活では労働をしない。そして一般社会の喧騒からも隔てられている。

スマートフォンも持っては入れない（病院によるとは思うが）。だからツイッターもフェイスブックも見ることはない。それらにあふれている他人の書き込みに、心を騒がせることもない。

他の患者との交流はもちろんあるが、基本的に向きあう相手は自己のみである。わたしは、白い壁で囲まれたなにもない部屋で自己と向きあうなかで、あらためて自分がいかにツイッターに依存していたか、それも病的に依存していたかに気づかされたのであった。

そもそも、わたしは伝道のためにツイッターを始めた。分かりにくい土地に建っている目立たない教会に、一人でも多くの人に来てもらいたい。動機はそれだけだった。だからわたしは教会の名前と、自らの実名を書き、礼拝の様子から何気ない日常のことまで、なんでも呟いていった。フェイスブックも併用してはいたが、しばらくして反応の薄さに気づき、ツイッターでの広報活動に重点を置くようになった。

じっさいその頃は一般社会でも、大手企業などが意図的に「ゆるい」ツイートをしてバズるという事例が散見され、「中の人」はいったいどんな人なのかと、そのこと自体が記事になったりして、人々の関心を集める事態が生じ始めていた。わたしも「中の人」としてそのように注目されれば、当然、教会も目立ってくるだろうという目論見があった。そのためには礼拝日時などの集会案内だけをしていても意味がない。わたしはわざと漫画やアニメ、音楽や芸術など、呟けそうなことならなんでも呟くようにした。牧師といえどもただの人なんだよ、こんなただの人が働いている教会は、だから誰でも気軽に来られる場所なんだよ、と。

しかしその頃のわたしは、SNSには依存のリスクがあるということを、まだ知らなかった。

依存の入り口

過疎地にあり、新しく来る人などほぼ皆無の教会で、わたしは働いていた。忙しいのはむしろ幼稚園だった。

毎日朝から晩まで、長いときにはサービス残業で一一時間以上働いた。働きながらいつも苛立っていた。自分は牧師なんだろうか？　むしろ幼稚園職員ではないのか？　今まで研鑽してきた、あれやこれやの神学的な学び。牧師として積み重ねてきた体験。それらに意味はあったのか？——迷い、揺らぐなかで、それでもわたしは毎日の仕事を消化した。

教会に若い人は来ない。若い人というか、そもそもどんな年齢であれ、赴任以来、新しい人など一人も来たことがない。わたしが日常的に出会う、ある程度若い人たちは幼稚園児の保護者たち。だが幼稚園は学校法人である。最初、保護者たちに伝道しようとしたとき、わたしは副園長先生からやんわりと釘を刺されていた。

「学校法人は、ある程度宗教的に中立であることが求められます。そして先生は理事長かつ園長という責任あるお立場です。あまり特定の保護者に偏って接することは避けて頂きたいんです」

特定の保護者に偏って接してはならない。誰に対しても均等に――これはわたしにとって、伝道というものの持つ性格に、真っ向から対立するように思われた。

キリスト教を誰かに伝えるというのは、「こういうアリガタイ教義がありますよ、みんな集まっていらっしゃい」みたいにおおぜいの人に呼びかける仕方では、なかなか実を結ばない。たしかに不特定多数の通行人にビラを配ったり、拡声器でメッセージを流したりする路傍伝道のような形式も、今なお健在である。だが路傍伝道にしても、もしも関心を持ってくれた人がいたら、やはり伝道者はその人に対して個人的に声をかけるのだ。つまりそれが出会う（出遭う）ということである。機械的に均等に、同じ言葉を誰に対しても繰り返していれば、そういう態度は相手にも伝わってしまう。「この人はどうせ、他の人にも同じように話しているんだろうな」と。そう思われたら、その人は去っていく。いきなり難しい教義の話をするのではなく、まず「あなたと出遭えてよかった」という喜びがあり、そこから相手の悩みを傾聴したり、共に食事をしたりする関係が始まる。

そういうなかで、わたしが信仰を一方的に勧めるのではなく、相手が深いところで腑に落ちたとき、「わたしもこの宗教を信じたい」と思い始めるのだ。だが、そのような出遭いの仕方はたしかに、学校法人の長という観点からすれば、特定の保護者をひいきしている、不適切な宗教勧誘と誤解されてしまう危険もあったのだ。だから副園長先生はわたしに注意したのである。

とはいえ、このような親密な人間関係を前提とした伝道ができない、基本的にしてはならないというのは、わたしにとって、それまで培ってきた自分流の伝道を封じられたようなものであった。

そういう制約があったにしても、今から振り返ってみれば、きっと他にも伝道のやり方はあっただろうと思う。自分の置かれた状況を落ち着いて考えて、園長ではなく牧師としてはなにができるのか、考えることは可能だったはずだ。だがわたしは副園長先生を悪者のように捉え、自分を被害者として憐れむことを選んだ。そうやって自分の殻に閉じこもったのである。わたしは牧師としてのアイデンティティの危機を感じ、ここでは伝道をさせてくれないと思い込んでしまったのだ。

わたしは次第に周囲の人から距離を置き、誰とも会話をしなくなった。というより、活発に会話する人々に割って入って話しかけるのが怖くなってしまった。職員室で顔を上げることができない。大人たちどころか子どもたちの顔まで、その眼を見ることが怖くてできなくなったのである。

わたしが眼を上げて話しかけられる相手は、もはやツイッターの画面だけになった。伝道のつもりで始めたツイッターで、わたしは自分語りばかり呟くようになっていった。ツイッターのなかだけでは、あなたたちが思っているより自分はずっとすごいんだぞと、一所懸命に虚勢を張った。ちなみに、こんにちではそれを「マウンティング」と言うらしい。マウンティングは動物社会で、自分の優位性を誇示しようとする行動。なるほど、うまく言ったものだ。

自分のツイートに「いいね」がつき、リツイートされる。そうやってフォロワーが増えることに、わたしは射幸的快感を覚えるようになっていった。「いいね」やリツイート、フォロワー増を目指して、わたしは教会とは無関係の、個人的なことばかり呟くようになっていった。

仕事以外で誰かと会話をすることがない。そしてその仕事とは幼稚園の狭い職員室に一日中こもって事務仕事をこなすことであって、子どもたちと走り回ることでもなければ、牧師として伝道することでもない——わたしは次第にツイッターにのめり込んでいった。

第四章
診断

ツイッターには若い人たちの声があふれており、文字だけであるとはいえ、大都市の匂いがした。アウトドアの趣味も持たず、持っていたとしてもそもそも出かける時間も余裕もなかったわたしにとって、職員室から見える山や海しかない風景はつらかった。

繁華街の喧騒を想像しながら、わたしは牧師という肩書も忘れ、自分の好みの赴くまま好き放題ツイートするようになっていった。「いいね」やリツイートだけではなく、たまにもらえる優しいコメントが、心から嬉しかった。

寂しかったのだ。ほんとうに寂しかった。この街では園長先生として以外、誰もプライベートなわたしに声をかけてくれる人はいなかった。ツイッターの世界では、わたしに親しみをこめて話しかけてくれる人がいる。これだけがわたしの安らぎとなった。

わたしは次第に、仕事の愚痴さえツイッターに書くようになっていった。そもそも伝道のために取得したアカウントで、教会や幼稚園のイメージを下げかねないような愚痴を。

もう内容がなんだったか想いだせないが、ある呟きが何百、何千とリツイートされたことがあった。脳内麻薬が分泌されるような快感。目的も意欲も見失い、孤独感を募らせていたわたしにとって、自分がおおぜいの人々から注目されている（と感じられる）ことが、ここまで分かりやすく味わえる体験は他になかった。

そして一度この快楽を味わってしまうと、もう後には引けなくなった。柳の下の泥鰌を狙おうと、わたしのツイート頻度は鰻登りとなった。

しかしなにが人々の注目を集め、なにがリツイートされるのかなど、予想できるものではない。「これこそ渾身の呟き！」とツイートしたのに誰からの反応もなかったとき、深い失望、落胆に襲われた。そしてじわじわと怒りが込み上げた。ムキになって呟きを畳みかけると、フォロワーが減った。なんで？　なぜあの人はわたしをリムーヴしたんだ？　わたしは自分をリムーヴした人を追跡して、ときには媚びるようなリプライをすることすら惜しまなかった。もう一度フォローし返してもらいたい一心であった。

リムーヴされただけでこれほど落ち込むのである。ブロックされたり、批判的なリプライがついたりしたときの動揺たるや、恐慌状態であった。

もはや仕事も手につかない。わたしは職員室でさえツイッターを開き続けた。ネットの大海に流すわたしの言葉に、誰かがなにか反応してはくれまいか。職員室という無人島でわたしは待ち構えた。わたしが入院したのは先に書いたとおり、副園長先生とのトラブルがきっかけではある。しかしこれほどまでのツイッターへの没入、まるでアルコールや麻薬、ギャンブルに依存するようなそれは、今にして思えばそれだけでじゅうぶん入院してしかるべき状態であった（今は「ゲーム障害」という病名も正式にあるらしい）。

じつは、入院の少し前からわたしは心身の不調を訴え、すでにこの主治医にかかってはいた。だがツイッターが気になって片時も頭から離れないことは、彼には隠していたのである。

閉鎖病棟入院という、いわば隠遁生活に入ることができたのは、ツイッターから強制的に離れ去るという意味で、わたしに大きな効果をもたらした。ツイッターから完全に離れてみて、わたしは他人に対して過大な評価や承認を求めていたことに、あらためて気づくことができたのである。

入院を勧めてくれたのは妻である。妻一人が大切に思ってくれるならそれでじゅうぶんではないか。わたしはいったい妻以外の誰から、そんなにも誉められたかったのだろう。牧師として評価されたかったのか。いや、そうではない。能力あるこのわたし自身を称えてもらいたい。難しい理屈をこねくり回すことのできる、なんだか頭のよさそうなインテリとして、好感を持ってもらいたい……閉鎖病棟にやってくるまで、わたしはその動機のあまりの幼稚さに気づくことができなかったのである。

聖書からも距離を置く

閉鎖病棟に入ってからはツイッターだけでなく、一度キリスト教的な言葉もリセットすることにした。もちろん信仰はリセットなどできない。だからリセットといっても部分的にではあるのだが、とにかく聖書以外、神学書その他のキリスト教書籍一切を読むことを避けた。むしろ『正法眼蔵』や『浄土三部経』などの仏典に親しんだ。教養として仏典を読もうとしたのではない。その文章の手ざわりに惹かれたのである。

わたしの住んでいた牧師館は傾き、ドアは壊れ、雨漏りも激しかった。だから暖かい季節には窓を閉めていても、虫たちは出入りし放題であった。わたしも妻もそのうち、館内に出入りする生きものたちを気持ち悪いと思わなくなっていた。いつも同じ時間に、書斎の同じ場所に現れては、薄暗い隅から八つ眼を光らせている足高蜘蛛。蜘蛛はわたしを見つめ、わたしも蜘蛛を見つめる。そのうち、蜘蛛は「それ」ではなくて、「彼／彼女」になってくる。「わたし」にとっての「あなた」として、蜘蛛が立ち現れてくるのだ。わたしは彼／彼女に、すべてを見透かされている。わたしは蜘蛛に語りかける。

「こんばんは。また来てくれましたね。わたしは今、ほんとうにしんどい。わたしはいったい、どうしたらいいのですか」

この世界でわたしはあるじでもなんでもなく、生きものたちのなかの一粒であった。そうした風光を、仏教では「一切衆生悉有仏性」とか「草木国土悉皆成仏」と言うらしいと、わたしはたまたまテレビで知った。キリスト教の信仰を持ちながら仏教に惹かれるというのは、とくにキリスト教徒からすれば危険な誘惑かもしれない。だが入院して、わたしは誘惑に抗うことをやめた。

わたしには仏教の素養などないから、仏典を読んでも意味は理解できない。現代語訳や説明を読んでも、それらさえ難しくて分からない。だが、そんなことはどうでもよかった。画数の多い漢字が並ぶ、ひんやり硬い石のような手ざわり。旧仮名遣いのやわらかさ。

たとえば『無量寿経』のなかに

設我得佛　國中人天 形色不同 有好醜者 不取正覺

とあって、それを「たとひわれ仏を得たらんに、国中の人、天、形色不同にて好醜あらば、正覚を取らじ」と訓読する。「たとえわれが仏となろうとも、我が国の人々の姿や形が同じではなく、そこに美しいとか醜いといった差別があるのであれば、われは仏にはなるまい」といった意味だろうと、なんとなく想像する。

また、『梁塵秘抄』のなかには平安時代末期の無名の人々が歌ったであろう歌として、

我等は薄地の凡夫なり、善根勤むる道知らず、一味の雨に潤ひて、などか仏にならざらん

とある。「自分たちは救われようのない罪人で、正しい仏道を勤める方法さえ

分からない。せめて誰にでも平等に降る、仏さまの恵みの雨に潤おう。そうすれば、どうして自分たちも成仏できないことがあろうか」くらいの意味だろうと、ほのぼのと胸があたたまる。

たしかに、聖書にも神は分け隔てしないことはあちこちに書いてある。たとえば「父は悪人にも善人にも太陽を昇らせ、正しい者にも正しくない者にも雨を降らせてくださるからである。自分を愛してくれる人を愛したところで、あなたがたにどんな報いがあろうか。」（マタイによる福音書五章 四五—四六節　新共同訳）とあって、父、すなわち神は悪人にも善人にも雨を等しく降らせることが語られている。先述した『梁塵秘抄』の一味の雨の話に似ている。

わたしは何度もこの聖書の箇所に慰めを得てきた。しかし今は、こうした慣れ親しんだ言葉のすべてから距離を置きたかった。マタイ福音書からではなく、あえて『梁塵秘抄』から〝雨〟を浴びたかった。初めての言葉から、深い静かな喜びを得たかったのである。堅い漢字の並びや難解な古文から、なにかを読み取りたかったのだ。

庭石のように並んだ漢字、黒々と光る柱のような古文。こうしたものにふれているると、欧米から翻訳された神学書ばかり読んできた、わたしの熱くなり過ぎた頭に涼しい風が入り込んでくる。そして本から目を上げて見渡せば、そこにあるのは白い壁だけ。わたしを刺激するものはなにもない。そのなにもない病室のベッドに正座して、仏典や日本の古典を読む。それも正しい解釈を勉強するためではなく、ただ感じるためだけに、ゆっくりと読んでいく。わたしにとってその体験はここ、閉鎖病棟でしか味わえないものであった。

しばしば少年たちの邪魔に悩まされながらも、彼らが不在の合間をぬって、わたしは静かに読書をし、認知行動療法ノートに気づいたことを書き、過去の頁を繰っては数日前の自分と対話し、主治医とはときに喧嘩腰でやりあい、そうやって自分を見つめていった。

閉鎖病棟のあれこれ 04

病院食

毎週メニューが壁に貼りだされ、患者は一喜一憂。朝は基本和食。たまにパンとサラダ、牛乳。昼と夜は大差なく、カレーやうどん、定食など。ハンバーグは人気。おからのあんかけのときがあり、味はまずまずだが満腹感ゼロ。主治医に希望して、白米をどんぶりにしてもらうことができる。それでも小食のわたしでも、どんぶり飯を加えてさえ空腹に悩まされた。バナナを足す人、ソース類をかける人もいた(P.38参照)。肌はツルツルになる。

受診

医師の都合で不定期。入院当初はほぼ毎日、やがて週数回から最終的に毎週水曜日前後の1回に固定。基本は看護師が患者の様子を見て、医師に報告する。

運動大会

体育館にて、若い人は卓球やバドミントン、その他球技を楽しむ。高齢者や運動が苦手な人は輪投げやおもちゃのボーリングをしていた。

第五章
過去

自分の顔

作業療法では油彩に取り組んだ。最初、小さなキャンバスにカケルの後姿を描いた。そのあとは描く対象もとくに見つからないので、わたしは病院から鏡を借りて、自画像を描き始めた。ちなみに鏡も割れると凶器になりうるため、病室に持ち込むことは禁止されているものの一つである。

道具一式は作業療法室から貸与された。絵の具代などの諸経費は入院費に含まれていたのかもしれないが、よく覚えていない。わたしは夢中で絵を描いた。鏡に映る自分の顔を見つめると、その表情はやや暗い。けれども以前ほど陰鬱な感じもしない。吹き出物も減ったような気がする。鏡に映る自分の肌をまじまじと見つめて、わたしは病院食とストレス回避の効果とを実感した。

筆を止めて、ふと窓の外を見る。地下だと思い込んでいたそこは一階で、すぐ外には歩道があるらしい。ネクタイ姿の会社員たちが忙しく歩き去っていくのが見える。それを眺めるわたしはジャージ姿で、作業療法で油彩画を描いている。ビジネスマンの歩いているあの世界に、つい最近までわたしも住んでいた。園長、あるいは牧師として。

今のわたしは精神障害者として、人や物が流通する世界の埒外にいる。窓のすぐ外にはあの自由な世界が広がっているのだが、そこに飛び出そうとすればただちに屈強な看護師たちに押さえこまれてしまうだろう。

先日、閉鎖病棟に新顔が入ってきた。年の頃は三〇過ぎ、まだ若い。だが彼はじつは新入りではなかった。閉鎖病棟において症状が改善し、開放病棟に移った患者だったのだ。

「なんで閉鎖病棟に戻されたんですか？」

彼は照れ臭そうに話した。

「どうしてもタバコが吸いたくて。外出許可をもらって、そのまま脱走したんだけど、近所の人が警察に通報したのかな。警察官と看護師に捕まっちゃって。で、またここに」

彼の風体はしなやかで俊敏そうに見えたが、その彼をもってしても脱走は不可能だったのである。貧弱なわたしなど自力で外に出るのは不可能であることを、この一件は思い知らせたものだ。もう、向こうに還ることはないかもしれないなあ――そう思うと筆は完全に止まってしまい、言いようのない寂しさが込み上げる。

戻りたい、あちらへ！

たしかにここは素晴らしい。自分を見つめなおすためのすべてが、ここにはある。移動の自由は制限されているとはいえ、思考することの自由はぞんぶんに確保されている。身の安全も、ここでは守られている。それでもわたしは、不安と危険に満ちたあちらへ還りたい。ストレスいっぱいで窮屈、トラブルだらけのあちらへと、それでも還りたいのである。

やはり作業療法で革細工に取り組んでいる少年たちが、ろくに手も動かさず言葉を飛ばしあう。マレがまた同じことを言っている。

「ぼく、もうすぐ退院できるんだって。こないだ先生に言われた」

キヨシやリョウも負けじと
「ああ、おれも！」

カケルがぽつりと言う。

「退院したら彼女に結婚を申し込むよ……」

わたしには、もうじゅうぶん分かっていた。誰も退院など許可されてはいない。たぶん、これからも当分、それはない。外に待っている彼女もいない。

何月何日に退院できると期待しては裏切られ、診察のあとげっそりした様子で戻ってきてベッドにふて寝するマレ。翌日にはまた元気を取り戻し、「次の診察では退院の許可が下りるはずですから」。具体的な、しかし根拠の薄い解放の日付を信じては、裏切られ落胆する囚われ人。フランクルの『夜と霧』を目の前に見ているようで切なくなる。

彼らの退院を楽しみにしている家族はいるのか？ プロポーズする「彼女」は実在するのか？ すべては互いの優越性を誇示しあうためのハッタリか。それとも、せめていつの日か実現して欲しい、そんな自分になりたいと切望する、哀しい夢なのか――夢でもいい。絶望したら、ますますおかしくなってしまうだけだ。わたしは彼らのハッタリを聞きながら、黙々と自分の顔を描いた。

自分の顔を見つめ、それを筆で描くことは、自己と向きあい内省を深めるための、視覚的な作業だった。それは認知行動療法ノートと並行する作業であるともいえた。もっとも、主治医は絵に疎い人だったようで、完成した自画像を見せても驚くだけで、なにも言わなかったのではあるが。

それにしても、自画像を油彩で描いていく行為は、スマートフォンでセルフィーを撮るのとはまったく違う。描いているあいだもつねに顔は動く。鼻を描いていたときと、顎を描いていたときとで、いつの間にか顔の角度が変わっている。一枚の絵のなかに、顔の動きが、表情の変化が、そのまま滲み出てくる。描いているあいだのどの瞬間の表情でもあり、またどの瞬間の表情でもないような、ある連続としての顔の動きが、自画像である。わたしの技術の拙さによるものだが、構図的には顔が捻じれているのが、かえって動きを感じて我ながら面白い。わたしはそれをゆがんだままにしておき、正しい立体像へと修正はしなかった。ここに生じるゆがみは、わたし自身によって観られた、わたしの心象の運動である。ここに塗り重ねられる絵の具は、わたしの世界すべての色である。

過去

ふだん、これほど長時間、ひたすら自分の顔を見つめ続けたことがあっただろうか。油彩で自画像を描いたのは高校の美術の授業の時間以来である。だがあのとき、こんなに自分の顔を凝視した記憶はない。もっとやっつけ仕事だったような気がする。自分の顔を見ていると、地層や風紋のようなものを感じる。皮膚という自然に、時間が刻み込んだ痕跡が遺されている。顔を覗き込めば覗き込むほど、これまで忘れていた過去が想いだされてくる。

このとき、わたしは四二歳。牧師として教会で働きだしてから、十年ほど経っていた。わたしの社会人スタートは遅かった。二五歳で神学部のある大学にようやく落ち着き、大学院を修了して伝道者として駆け出したときには、三〇歳を過ぎていた。この遅いスタートへと辿り着くまでには、真面目に勉強したものの自信をなくして引きこもってしまった十代後半、そして人生観が大きく変わった、いや、変えさせられた、二二歳のときの阪神・淡路大震災の経験があった。

鏡とキャンバスを行き来しながら、わたしの時間はさらに遡ってゆく。高校受験を控えた中学三年生の三月、卒業の数週間前に、わたしは教会に通い始めた。親がクリスチャンだったわけではない。気の置けない友人に誘われて、なんとなく通い始めたのである。

かつて通った幼稚園が教会付属で、わたしはそこで初めて、祈るという行為を覚えたのであった。小学生になり教会からは遠ざかっても、わたしは不安になると、人の見ていないところで神に祈った。友人が誘ってくれたのは、まさにその幼稚園の教会だったのである。園舎と敷地がつながっている教会は、懐かしさ込みで居心地がよかった。それに、わたしが教会に通ったのは、懐かしさからだけではなかった。友人が「おれ、クリスチャンだから」と自覚的なアイデンティティを持っていることが、わたしには新鮮で羨ましかったのである。

友人を格好良いと思い、わたしも真似をして洗礼を受けたのが、高校一年生のクリスマスだった。もちろん、牧師にはもっともらしい洗礼志願の理由を話したのだが。今にして思えば、友人の真似をしている時点で自分のアイデンティティでもなんでもなかった。

教会はとにかく居心地がよかった。高校に行くのがつらくなり、引きこもっているあいだも教会には通った。幸いなことに、その教会は夜も九時頃までは礼拝堂に入ることができた。家にいても気持ちが塞いで仕方がないときには、礼拝堂に勝手に入ってはベンチに寝そべって時間を過ごした。ときにはやり場のない気持ちを牧師にぶつけて、叱られたり励まされたりもした。洗礼を受けてよかったと思い始めたのはその頃からである。けっきょく高校は中退した。

大検を受けて受験勉強していたそのとき、あの大地震が起こったのであった。センター試験の翌々日だっただろうか。試験の点数がそれなりによかったわたしは、友人に思い上がったことを言った。

「今のおれを止められるのは、天変地異くらいやぞ」

自分に発破をかけるつもりで、そんなことを言ったのだと思う。だが二日後、わたしはその言葉を後悔せずにはおれなかった。

震災

わたしは実家の二階で激しく揺さぶられながら、生まれて初めて本気で命乞いをした。高卒の資格はなんとか得られたものの、その頃のわたしは浪人生活に疲れ果て、「死にたい」と毎日のように思っていた。それなのに、いざ大地震に襲われてみると、ただひたすら「生きたい」しかなかった。ふだん本能など意識したことはない。しかしこれが生存本能というものだったのかもしれない。轟音と共に部屋のあらゆるものが崩れ落ちてくるなかで、わたしは布団のなかに丸まって祈った。

「神さま、いのちだけはたすけてください！」

夜が明けて部屋のなかを見たとき、わたしは片付けるのを諦めた。隠しておいたエロ本やエロビデオがぜんぶ飛び出して散乱していた。このまま死ななくてよかった。

　地震のあったその日の夕方、わたしは家族と離れ、教会へ避難した。家族はスポーツセンターへ行った。だがわたしは
「ぼくはクリスチャンだから」

　と意地を張り、このときとばかりに意気込んで独り教会へと向かった。

　教会へリュックやらパンやら米軍払い下げのヘルメットやら丸めた布団やらを提げて辿り着くと、若い女性の三人の神学生たちが、自主的な礼拝を行っていた。リーダー格が芝居がかった口調でわたしに言う。

「来てくれて有難う。どうか礼拝に出てくださいませんか」

　あまりの活舌のよさ、よくとおる声が、かえってわたしを不安にした。とても礼拝したい気持ちにはなれなかったが、彼女のものごしには強制力があった。わたしは黙って前から三列目の長椅子に座った。

「主の祈りをしましょう」

「さあ、讃美しましょう！」

何度も繰り返される祈りと讃美に、わたしは強い疲労をおぼえはじめた。彼女たちはよく歌う。そして何度も祈る。高揚しては聖書のメッセージを繰り返す。舞台でもあるまいに、リーダー格が甲高い声を張り上げる。

「わたしは今朝、神学生の宿舎の屋上で、煙の上がる街を見ながら祈りました。『神様、こんな試練をどうも有難うございます』と。すると父なる神様のお声が聴こえたのです、『礼拝を行いなさい』と」

わたしは醒めていた。一方で疲労とストレスは極限状態であった。激しいめまい、憂鬱感。さらにまずいことには、地震以来なにも食べていなかった。貧血状態のあくびを連続しながら、思考のみが冴えわたっていった。ある瞬間、胃袋が、きゅっとよじれた。

「もう限界だ」

わたしは隣室へ逃れた。

夕食前、わたしは神学校にストックしてある水を運ぶ手伝いをした。力仕事はわたしに充足感を与えた。わたしを必要としてくれる人がいる。わたしと対等に口をきいてくれる男性の神学生もいる。わたしは「人助けをしているおのれ」に集中し、彼らと神の業について語り合った。教会を頼りに避難してくる人々に精一杯の愛想をふりまいた。

日が沈んだ。教会周辺には電気が通っているが、通りの向こうは停電で真っ暗だ。信号もつかない。夕食は質素だがこのうえない幸福だった。カップは洗わなくて済むように、それぞれ自分のものだと分かる、形の違うシールを貼った。テーブルにはパンやサラダがささやかながらきれいに盛付られ、それはほんとうにご馳走に見えた。お祈りをし、わたしは切れ込みの入ったパンにサラダを挟んでがっついた。テレビはつけっぱなしであるが、明るいニュースなどあろうはずもなく、燃え上がる炎、崩れ落ちた高速道路が繰り返し流れる。死者はこの時点で千人を超えた。

第五章
過去

　夜は長椅子を二つ向かいあわせに並べ、その間に布団をしいて横になった。そんな椅子が何列も並んでいる様子は、いつかテレビで見た野戦病院そのものだった。すぐそばで老人の重たい咳が聴こえる。たぶん熱もあるだろう。これからは助かった人間も、薬が足らず病気で死んでいくかもしれない。衰弱死する自分を想像し、目頭が熱くなった。

　電灯も消えて真っ暗である。わたしは礼拝堂の最前列あたりに横になっていた。だが眠れない。ドーンという地鳴り、そしてゆれ。何度もやってくる余震に、「次は死ぬかも」という恐怖が消えない。やがてわたしの枕元でひそひそと話し声が聴こえ、懐中電灯らしきものがポッとついた。

「……もう怖くて耐えられません！」

「これは神様の恵みです。お祈りしましょう」

　相談しているのは中年の男性だった。答えているのは、あの神学生のリーダー格の女性だった。

「神様、どうかあわれな我々人間をお救いください。お導きください。あなたの偉大な御計画は、わたしたちの思いを超えたものです。お赦しください。アーメン、アーメン」

彼女は涙声になっていたが、相変わらず芝居がかっていた。自己陶酔でもしなければやっていられなかったのかもしれない。自分を護るために作りこまれた口調だった。彼女は泣きそうではあるが、泣かなかった。泣き崩れてしまったら、祈りの劇もまた閉幕してしまうのだ。祈りの要所で、彼女は急に口調を変えて力強く堂々となった。最初はひそひそ声だったのに、声は大きくなっていく。わたしは黒板を爪でひっかかれるような不快感に襲われた。そして次の一言が、わたしを恐怖へ突き落とした。

「神様、どうか今わたしたちの命が尽きても、魂はあなたの御許へ導かれますように！」

わたしと頭を向かいにして寝ていた中年女性が身体を起こした。彼女は憎悪も露わに二人組を睨むと、トイレへ向かった。二人組は彼女の無言の抗議にも気づかず、今度は讃美歌を歌い始めた。リーダー格の女性も、彼女を睨みつけた中年女性もクリスチャン。そしてわたしもクリスチャン。神の家だ家族だと、平時にはお互いを褒め讃え親睦を深めあっていたのが嘘のようだ。

「これが人間の『罪』か……」

脱走

翌日、わたしは教会の台所にあった菓子パンをひったくると、黙って抜け出した。けっきょく現実からも信仰からも横すべりしたのだ。考えることをすべてやめて、わたしは逃げた。自分の信仰の堅さを信じて教会へと飛び込み、わずか一日で耐えきれなくなって飛び出したのである。わたしは無人の自宅へと戻り、テレビのニュースを見ていた。余震のたびにミシミシ音がする。

盗んだパンをむさぼり、気持ちが落ち着くと、家族に会いたくなってきた。インスタントラーメン、レトルトカレーを鞄に入れた。パンはみんな食べてしまった。盗ったと教会にばれたらどうしよう。それはともかく、腹が減ったら生のインスタントラーメンに冷たいレトルトカレーでもかけて食べよう。

家族が避難しているスポーツセンターへ行く途中、テニスコートの前であのリーダー神学生と遭遇した。道路を挟んだ向かい側から彼女は叫んだ。

「どうなさったんですか？　また戻って来てくださいね！」

道路を挟んでいるのに、気づかれた。パンのことがばれたか？　いや……。わたしは、教会から貴重なパンを盗んで逃げ出したことを、神に咎められている気がした。

「ゆ……夕方には帰りますから！」

わたしは精一杯の笑顔で、そのつもりもないことを口走った。

スポーツセンターには非常口から入った。駐車場にライトバンやワゴン車が停めてある。なかから次々と毛布にくるまれた人が運び出される。雨戸の戸板やトタン板に載せられた人々は皆、最期のポーズをとったまま永遠に静止していた。手の空いた家族はもはや泣く気力もなく、呆然と見送る。わたしは彼らと共に剣道場へ入った。

人々が毛布にくるまって所狭しと寝ている。わたしはまだ、この人々が生きて眠っていると思っていた。遺体が搬入されていくのを見ていたにもかかわらず。これほどの数の遺体が並んでいるという状況を見たことがなかったし、そんな現実はわたしの理解を超えていた。人は見たことを見たとおりに理解できるとは限らないのである。

わたしの脇を、雨戸に載せられて幼い子どもが運び込まれていった。毛布からのぞく足は、動くのではないかと思われた。死臭というようなものは感じなかった。どちらかというと、垢じみた臭いがあちらこちらからした。むしろバケツで水を流さねばならない、便所からの臭いのほうが強烈であった。

家族全員が集まった。夜中に、隣で横になっていた兄が突然、くすくすと笑った。

「どうしたん?」

「あちこちからいびきが聴こえるやろ。田んぼの蛙の鳴き声みたいやな」

「ほんまやな」

子どもの頃、海水浴に行ったときに民宿の布団のなかで聴いた、田んぼの蛙の大合唱そっくりだった。わたしは信仰に出遭う前のおだやかな昔を思い、クリスチャンとして真面目に礼拝する自分を思った。すべてが崩れ、わたしは敗れた。涙が出てきた。「ほんまや、蛙みたいや」と兄に気づかれないように、わたしは笑いながら泣いた。

街を歩いた。足元に崩れ落ちた屋根があり、その手前の地面には立て看板が突き差してあった。

「ここに家族がまだ眠っています。立小便はご遠慮ください」

第五章
過去

焼け落ちた家の敷地では、老婆が灰になった家族の骨を黙って拾い集めていた。どこかから拾われてきた毛布に、猫だけがすやすや眠っていた。

親戚の家に身を寄せたわたしたち家族は、二階屋根裏部屋を間借りした。母は疲労から風邪をひいてしまい、横になっていた。わたしは母のそばに両膝をたてて座り、本を読んでいた。この狭く小さな部屋には住人が置いてくれたポータブルテレビがあり、砂嵐混じりのブラウン管からはリストの『巡礼の年 第3年』のピアノが流れていた。自衛隊のヘリが飛び交うローター音のなか、わたしは本から目を上げ、しばしリストに耳を傾ける。地震という現実、いや、この世という現実そのものに自分がいないような気がしてくる。夕方に父と散歩したあの田舎道や紫色の空は、被災地とは異なる世界に属していた。わたしは下痢と便秘を繰り返し、しばしば下着を汚した。

「ぼくはあっという間に年をとって死ぬ。人間なんて、楽しむ暇もなくあっという間に死ぬのだ。じゃあ夢が叶わなかったら、いったいどうすればいい？」

わたしは眠るのが怖かった。このまま永遠に目覚めない、それが死ではないかと思えたからだ。高校時代の生物の先生は自宅に圧し潰されて死んでしまった。先生はあのときからもう長い時が流れたなんて知らない、だって先生はもう存在しないのだから……そんなことを考え出すと、いくら他のことを考えようとしても無駄だった。

やがて生活は落ち着いていくのだが、わたしの心身の「復興」は遅かった。わたしは頻繁に、ときには夜も遅くに、牧師に電話した。

「すみません……話したいことが」

「うん、いいよ。来なさい」

彼は決して断らなかった。牧師に尋ねたことを、今でも一つだけ覚えている。

「なんであいつはなにも悪くないのに、地震で死んだんですか」

残念ながら、牧師がなんと答えてくれたのかは想いだせない。だが、彼が徹底的に腹を割ってつきあってくれたことだけは、今でも鮮明に想いだす。

悪夢、そして吉夢

「……さん、だいじょうぶですか」

看護師にゆさぶられて目を覚ます。うなされて絶叫していたらしい。入院も二か月を過ぎると、そういうことが増えてきた。世の喧騒から離れ――つまりは社会から隔離され――制限された生活のなかでひたすら自己と向きあう。それはわたしに新しいタイプのストレスをかけていたらしい。

しかし悪夢はある日、止んだ。こんな夢を見た。

わたしは交番へ向かっている。自首するためである。殺人事件を起こして数か月。誰にもばれることなく、見事に隠しおおせてきた。わたしの妻を含めた周りの人々は、まさかわたしが人を殺したなどとはつゆ知らず、殺人以前とまったく変わることなく、愛や敬意を持って接してくれる。そうやって人々に親切にされ、尊敬され、無垢な笑顔を向けられれば向けられるほど、わたしは犯罪をこれ以上隠し続けることが耐えられなくなってきた。

だから今、わたしは交番に向かっている。それはたしかに正直さへの決意ともいえるのだが、隠し通す苦しみからの逃亡ともいえた。だからなのだろうか、自分が歩いているその足どりの感覚には、決断の力強さよりは、こっそり逃げ出す頼りなさが感じられる。

交番までの道のりは長く、不安でたまらない。後ろから誰かがついてきながら、じっとわたしを見ている。ただついてきているようでもあり、尾行しているようでもある。目的地まで同行してくれているような気もする。その誰かは、わたしが自首するつもりであることを知らないということだけは、はっきりと分かる。同行者は妻のようにも、主治医のようにも、あるいは神のようにも感じられる。静かな道をまっすぐ歩いていくと、やがて交番の前に立っている警察官の姿が見えてきた。ああ、これで楽になれる——そう思ったところで目が覚めた。すがすがしい目覚めであった。

その夢を見る少し前のことだった。わたしには、ある変化が生じていた。といっても、ある日突然そうなったというわけではない。夜がいつの間にか明けて、空が白んでくるような。それは明確な境界線を持たない、いつの間にかの変化であった。その頃、わたしは「相手にも言いぶんがある」という、考えてみれば当たり前のことを、ようやく理解できるようになっていたのである。

相手にも言いぶんがある

わたしは主治医に対して今までの苦境を訴えるにあたり、つねに「～のせいでこうなった」「～にこうさせられた」という仕方で語ってきた。

たとえば、わたしはかつて高校を中退したのであるが、そのときのことを医師に語る際にも、「教師たちの無理解のせいで、退学へと追い込まれた」という仕方で話した。大学時代、神学部でゼミを変更した体験を語ったときにも、「教授に無能呼ばわりされ、相手にされなかった」というように回想したのである。

当然、今回の入院についても、「職場で追い詰められた」「もうあんな人（たち）とはやっていられない」等々、とにかく周囲の人々のわたしに対する無理解を主張し、わたしの敵とみなし、自分には落ち度はなかったと主張し続けてきた。万事において自分は無垢な被害者の立場、相手は一〇〇パーセント悪い加害者の立場という調子で、「〜された」と受け身の語り方であった。

そうやって主張し続けてきただけではない。わたしは自分が被害者であることを強調しながら、激しく怒り続けてきた。すなわち、ありのままの、いわば無垢なるわたしはつねに周囲から理解されず、謂れのない罪を負わされ、不当に扱われていると。そうやって不満を募らせてきたのである。主治医がわたしに厳しい批判をした際には「患者を侮辱するのか！　あなたさえわたしを分かろうとしないのか！」と、診察中にキレてしまった。大声を上げたり、机を叩いて立ち上がったり、椅子を蹴り倒したりした。ちなみに、患者が暴言を吐いたり威嚇行為に及んだりした際には医師は診察を中止し、その患者は当該病院に出入り禁止とされるケースもあるという。

　この入院体験から六年経った現在、わたしが通っている精神科病院には、暴力行為の禁止を示す大きなポスターが貼ってある。今になって振り返ってみると、わたしは当時どれだけ主治医に甘えていたことか、回復を忍耐強く見守ってもらっていたことかと、穴があったら入りたくなる。そうやってキレて暴れていたわたしには、「相手にも言いぶんがある」ということについて想像してみようとする意志が、微塵もなかった。

　主治医は、わたしの怒りにまったく動揺しなかった。

「そんなことでわたしを恫喝しても無駄ですよ。あなたの怒りでは、わたしを思いどおりに操ることはできません」

静かに、しかし毅然と座ったままの彼は、椅子を蹴り倒して立っているわたしを見上げていた。そうやって主治医に睨まれ、見透かされ、どうにも気まずくなったわたしが、行き場のない感情に疲れ切ってもういちど座ると、彼はいつもと変わることなく診察を続けた。

彼はわたしの話を聴いては「そのとき、相手はどう考えたと思いますか？」と執拗に尋ね、一つひとつ、わたしの問題点を洗い出していく。診察を重ねるにつれ、わたしは「相手はどう考えたか」など、そもそも考えたこともなかったという事実に気づかされていった。

マレの表情

中庭を囲むようにコの字になった病棟。その三階に男子閉鎖病棟はあった。四階は女子閉鎖病棟。そして五階がコの字を半分ずつ、それぞれ男性と女性の開放病棟に割り当てられていた。そのため、じっさいには閉鎖「病棟」というよりは閉鎖「フロアー」のほうが正しいかもしれない。

とにかく移動できる範囲は狭い。なにもすることがないときには、コの字のなかを行ったり来たりするくらいしかない。上階にも下階にも移動は許されていない。

だが、することがあっても、けっきょくできないことも多かった。わたしは静かに本を読みたかった。ところがつねに少年たちが話しかけてくる。第三章でお話ししたとおりである。少年たちは総じて、年齢の割に幼なかった。自身も治療中である一入院患者のわたしに対して、彼らは教師像を、リーダー像を、そして父親像を求めてきた。その気持ちは分かるし、共感も同情もした。そうはいっても、トイレであろうと食堂であろうと部屋であろうと、どこにでも彼らはついてくるのだからたまらない。

わたしは次第に、彼らに笑顔で答える余裕も失っていった。彼らへの返事は雑になった。とくにマレが、わたしにはしんどかった。彼はほんとうに、どこにでもついてきて、いつでも話しかけてきた。わたしが他にしたいことがあるのかもしれないとか、今は疲れていたり、考えごとをしていたりして、独りになりたいのかもしれないとか、そういうことを、マレは一切察してはくれなかった。わたしが眉間にしわを寄せて睨みつけても、マレは微笑んでいた。

ある日、彼の無邪気な笑顔を、わたしは無神経と受け取った。

「わるいが独りにしてくれんかな！」

急に怒鳴られたマレは、無表情でわたしの前に立ち尽くした。もともとふだんから表情に乏しい少年ではあったが、このときはことさら、その無表情がわたしをいっそう苛立たせた。怒鳴ったんだぞ？　驚けよ！　逃げろよ！　そうじゃなきゃ怒れよ！

マレのことを「無表情」と振り返っているが、わたしもじつに勝手なものだ。

わたしは彼に対して、ドラマの俳優のような分かりやすい喜怒哀楽でも期待していたのだろうか。わたしに怒鳴られて凍りつく、うつむく、涙を浮かべる、顔を真っ赤にする……そういう、いかにもな反応を求めていたのだろうか。

生い立ちや、入院の原因である諸症状や、薬の副作用などが複雑に絡みあった彼の「無表情」。いいや、そもそも人間はそんなに「表情ゆたか」なのか、ドラマのように？　それは、わたしがたんに彼の表情を理解できなかったこと、そしてその表情を今、言葉に置き換えることができないことの、言い訳に過ぎないのではないか？

マレに「表情」があることが分かったのは、その日の夜であった。


就寝時間になり、ベッドに戻ったわたしは、隣のベッドにマレがいないことに気がついた。この部屋にはわたしを含めて三人入院していたが、そのときはわたし以外には、奥のベッドの上で体操座りをしてじっとこちらを見ている、食事に痰を吐くあの老人だけであった。

マレは看護師に頼んで、その夜は別の部屋で眠ったのである。そう、彼は部屋を移るという行為によって、わたしに「表情」を示した。それはわたしからされたことによる傷つきであり、悲しみであり、そして、わたしへの怒りであった。

わたしは寝がえりをうっては彼の不在のベッドを眺め、自らの言動にうんざりし、翌日の朝食もまったく手を付けず、食器を返却する際には中身をぜんぶ、食べ残し用のごみ箱に棄てた。もちろん看護師はわたしの「異常行動」を発見し、主治医に報告したのだった。

主治医はわたしに言った。

「あなたの協調性を観察していましたが、どうも問題がありますね。なにを苛立つ必要があったのですか？　まあ、果たしてこの判断が正しいのかどうかは分かりませんが、とりあえずあなたも限界のようではありますし、開放病棟へ移ってもらいます」

主治医の物言いには今一つ納得が行かなかったものの、これでやっと少年たちから解放される、これでようやく開放病棟へ行けると思うと、深い安心を覚えた。

少年たちはわたしの移動を羨んだ。その様子を見るにつけても可哀想であった。なにしろここには半世紀以上入院している人もいるくらいだ。この少年たちが、高齢者になるまでに必ずここから出られるという確証はないのである。マレもたぶん、羨ましがっている少年たちのなかにいたと思う。

じつは、これほどに深い関わりを持ったマレたちであるが、病棟を移るときに彼らとどんな挨拶をしたのか、ぜんぜん覚えていない。――またキレてしまった。そのことで頭がいっぱいだった。職場でキレてしまったように、今度はマレに対してキレてしまった。キレたあとは、「もうだめだ」という感覚に襲われるのも、また同じである。

キレることはわたしにとって、これまで積み上げてきた信頼関係すべてを破壊することを意味していた。意味していたといっても、キレる瞬間は制御不能なのだから、そんな意味など分からない。キレて激昂したあとで、「ああ、すべて壊してしまった。もう修復はできない」と絶望が襲ってくるのである。たぶんマレからも一刻も早く逃げたかったのだと思う。だから、わたしは彼と挨拶をしたのか、しなかったのか、キレてしまったことを彼に謝ったのか、そのまま去ったのか、そのことを想いだせないでいる。

「解放」病棟

開放病棟は、文字通り開放されていた。制限時間内であれば、看護師に申し出て一階に降り、くつろいだりすることも可能であった。

部屋は男女別々だが、食事は一緒であることも閉鎖病棟との大きな違いであった。「はい、あと一口頑張って。はい！　よく食べられたね！」と看護師が若い女性患者のそばで声をかけている。彼女は拒食症なのかもしれない。

閉鎖病棟のトイレにはトイレットペーパーがなく、チリ紙を購入しなければならなかったが、こちらには常備されており、便器もあちらのように汚物がついておらず清潔だ。

手洗いの蛇口からは、なんと温水が出た。これが開放病棟というものか。閉鎖病棟とのなんたる差。とくに違いを感じたことは、風呂である。閉鎖病棟の風呂！　まさに捕虜あるいは囚人の扱いであった。若い女性の看護師たちは、わたしたちが脱衣所で裸になるのを監視しているだけではない。ビニールのエプロンを着け、ゴム長靴を履いた看護師が風呂のなかにまで入り込んできて、わたしたちが身体を洗うさまをじっと監視している。急かされるなか、湯船に浸かる時間など一分もあるかないかだ。だが開放病棟では違った。看護師は風呂の入り口までしか同行しない。脱衣も入浴も患者のみで行うことができる。自分のペースで身体を洗い、のんびりと湯船に浸かり、窓から差し込む光を眺め深呼吸する。風呂が風呂として、身体を洗う以上の場所、リラックスの場所という意味で機能していた。退院したわけではないが、捕虜生活から部隊へ帰還したような心持ちはしたものである。この風呂の違いがとくに、わたしにとって開放病棟は「解放」病棟であると感じさせる、なによりの体験であった。

開放病棟では、看護師は女性ばかりだった。男性か女性かで語るのはこんにちのジェンダー理解に反することだが、総じて閉鎖病棟の男性看護師は食事に関して大雑把であったと、開放病棟に来て分かった。わたしは一階の売店で「食べるラー油」を買っていた。朝食や夕食の折、ご飯にそれを載せて食べるのは、ささやかな楽しみだったものである。ところが開放病棟で、朝に「食べるラー油」をべったりと賞味し、夕食時にも看護師に「ラー油ください」と所望すると、看護師は言った。

「いけません。これは一日一度までです。塩分の取り過ぎです」

開放病棟では栄養管理にいっそう丁寧であることを、こんなちょっとした応対から感じた。

一切口をきいてくれない青年

開放病棟でも、わたしは何人かの人たちと親しくなった。先に開放病棟に移っていたヤマシタさんをはじめ、何人かの年配の人たちである。閉鎖病棟よりも症状の軽い人がここにいることは、会話をしてみてすぐに分かった。さまざまな来歴の人、さまざまな職業の人がいた。開放病棟では、閉鎖病棟時代に感じたような社会との遠さはないように思われた。

そんななかで、わたしとは決して口をきこうとしない青年がいた。年の頃はたぶん二六歳、二七歳くらいだったと思う。ほぼ会話をしていないので、名前はとうとう覚えられなかったが、彼の精悍な顔立ちは今でも鮮明に想いだせる。会社の営業マンでもしているのだろうか。なんらかの事情で心身の調子を崩し、ここにいるのか。わたしは彼を見かけるたびにそんなことを考えていた。

彼もそれなりに長い期間ここにいるようで、年配の人たちの作業を手際よく手伝ったり、まめに声掛けをしたりと、リーダー的でもあり、世話好きな様子もうかがえた。彼には、本ばかり読んでは理屈っぽいことを話しているように見える（なにしろ彼もまた、わたしと話をしたことがないのだから、「見える」としか言いようがなかったはずだ）わたしは、違和感どころか嫌悪感を催す存在だったのかもしれない。

作業療法でわたしが自画像を描いている近くで、彼はパソコンを使って文字を打っていた。べつに覗くつもりはなかったのだが、作業療法士が彼に指導しているやりとりが、どうしても視界に入り、会話も聞こえてくるのだった。

「よし、名前を打てたね！　じゃあ次は、ここに書いてある文章を打ち込んでみて」

彼は作業療法士の言うとおり、一文字一文字、キーボードを見て文字を探しては、人差し指で、ぱち、ぱちと文字を打ち始めた。ローマ字入力ではなくひらがな入力で。

どうやら彼は、わたしが想像していたような営業マンではなかったらしい。また、彼がおじさんたちと話していた内容から、彼はこの病院が改築される前から入院していることが分かった。

改築は十数年も昔のこと。つまりこの青年は、マレの一六歳どころか十代前半から入退院を繰り返している、あるいは入院し続けているのであった。マレは小五のドリルをやっていたが、この青年の識字能力も、あまり変わらなそうに思われた。あまりにも長い入院生活が、彼から学ぶ機会を奪ったのではないだろうか。

わたしはマレの件で意見を言ったときの、看護師の「ここは学校じゃないんです」という返事を想いだした。

開放病棟は閉鎖病棟ほど社会から遠くはない――わたしは開放病棟に移ってきた当初、そう感じた。だが、どうやらそうではなかったようだ。開放病棟にも、こうして十数年、教育や就職から遠ざけられている青年がいる。この青年もまた、社会的入院の犠牲者なのだろうか。この青年はこれからもずっとここで暮らし、老いていき、あの半世紀以上入院しているタケノさんのようになってしまうのであろうか。

そこで思い立つ。じゃあマレは？　カケルは？　キヨシは？　リョウは？

彼らが近いうちに退院し、教育や職業訓練を受けられそうな気配はあったか？　彼らの世界はこれからずっとあの病棟のなかだけで、彼らの肌はそこで皺を刻んでいくというのか？　彼らがタケノさんの年齢になる頃、わたしは生きてはいまい――わたしは社会的入院の、気の遠くなる長さを実感した。

青年はわたしが声をかけたら、仕方なくという様子で「はい」とは答えるが、目はそらす。それは退院の日に挨拶したときも、ついにそのままであった。

彼のことが今でもひっかかかっている。わたしはあのとき、彼のことを知りたかった。「相手にも言いぶんがある」、そのことを考えろと主治医はわたしに指導したのであるが、わたしはどうしても彼の言いぶんを知りたかった。彼にとって、世界はどうなっているのか。彼はどんな仕事をしたいのか。退院したあとの目標はあるか。どんなことを学びたいのか。いや、そもそもわたしが思いつきもしない問いと答えの組み合わせを、彼は持っているはずだ。それを彼から教えてもらいたかった。

この病院での入院生活のなかで交流をはっきりと拒否されたのは、おそらく彼が初めてであった。彼からはわたしがどんなふうに見えていたのか。わたしにはは分からない、彼がわたしに対して嫌悪を催したその理由はなにか。わたしは「彼から見たわたし」を知りたかった。これらの問いは、わたしに残されたままとなった。

ヤマシタさんが開放病棟に移るときの、あのばつの悪そうな顔を想いだす。ヤマシタさんはなぜ、素直に喜びを表さなかったのか。閉鎖病棟に残される少年たちの、羨望のまなざしがつらかったからではないか。開放病棟で出遭ったこの青年は、わたしが間もなくここを去るであろう、いわば旅行者のような存在であることに気づいていたのではないだろうか。ちょっと覗いただけの旅行者ごときに、おれたちのなにが分かる――十数年そこで暮らしてきた彼にとって、訳知り顔で入り込んできて、誰とでも馴れ馴れしく会話をし、笑顔で去っていくわたしは、患者の心に土足で踏み入り、病院の外の世界を見せびらかしてくる存在だったのかもしれない。

退院したあと、病院の一階受付の前で、売店から出てきた彼と会った。わたしは彼に近づき、笑顔で挨拶をした。

「入院中はお世話になりました！」

だが彼はわたしの目の前に立っているのに、わたしではなく、わたしの背後にいる、同じ開放病棟のおじさんに手を振った。まるでわたしが見えていないかのように。

閉鎖病棟のあれこれ

05

夏祭り

家族も参加できる。理事長の挨拶のあと、体育館内の模擬店で、たこやきや焼きそばなどが買える。盆踊りもある。最後に外に出て、業者による小規模だが本格的な打ち上げ花火を見る。

診断的加療

医師は診断的加療と言ったが、おそらく診断的治療のことだと思われる。いくつかの薬を試しながら、どれが合っているかを試す。合った薬から判断して診断する。「薬が合わなかった場合、副作用で家族に暴力を振るったり、暴れたりする危険があるため、通院では不可能」と説明された。閉鎖病棟に入ったのも、病床がないこともあるが、より安全性を保つこともできるからとのことだった。

終章

こだわるのでもなく、
卑下するのでもなく

珍しい患者

閉鎖病棟で診察を受け始めた頃、主治医が言った言葉は今も印象に残っている。「あなたのような、いわゆる大学院卒で『先生』と呼ばれる立場の人が、こうして治療ベースにまで上がってくることは、じつは非常に稀なんですよ。わたし自身、一人の医師として、発達障害で『先生』と呼ばれる立場の患者を診察するのは、あなたが初めてなんです。だから今回の治療には、わたしは非常に強い医学的関心を持って取り組んでいます」

そういえばこんなことがあった。わたしの友人に、非常に頭のきれる人がいる。彼もひょっとしたら発達障害かもしれないと、わたしはつねづね思っていた。そこで、わたしは彼に勧めたことがある。「今、こんな治療を受けているんだけど。いろいろ腑に落ちて、すっきりしつつある。きみもどうだ」。すると彼はこう言ったのだ。

「精神科医が言いそうなことくらい、病院に行かなくてもすべて分かるし、それに対するぼくからの反論も今の時点でだいたい想定できる。だから行っても仕方ないよ」

　彼は非常に弁が立つので、わたしは彼の言葉に反論するすべを持たず、それ以上なにも言えなかった。また、彼が精神科医にかかることも、おそらく一生ないだろうとも思った。彼のことは彼自身にゆだねるとして、ではこのわたし自身はどうなのかと考えた。

　その友人ほどではないにせよ、わたしもまた、いくらでも主治医に対して屁理屈をもって反論できた。さらにわたしは、自分にとって都合のよい情報のみを主治医に話し、不都合な真実は隠しもした。彼はわたしのそのような態度を指して、しばしば「医師を自分に有利に操ろうとしている」と評した。

　先の章でも語ったように、主治医との格闘のなかでようやく回復の兆しが見え始めた頃、わたしはあの夢を見たのである。殺人を隠し続けることに耐えられなくなり、自首するという夢を。今にして思えば、主治医は刑事コロンボのような存在だったのかもしれない。わたしの殺人の事実を確信しつつ、その推理をもって、わたしの完璧に見えたアリバイを突き崩し、徐々に追い詰めていく。逮捕されるまでは不安で、恐ろしくもあったのだが、逮捕されてみると、これがじつにすがすがしいのであった。

毎日、一日中黙々と、右手で壁に触れながら、壁伝いに反時計回りで歩いているおじさんがいた。名前は尋ねなかった。わたしの退院の日が来た。おじさんから話しかけてくれた。

「げんきでな。わしはここに来て、もう二年になるよ」

おじさんはにっこり笑った。

荷物をまとめていると、朝のラジオ体操の時間になった。廊下には患者たちが並んでラジオ体操をしている。昨日まではわたしもそこに並んでいる一人だった。

「元気でね」

体操をしながら、ヤマシタさんが声をかけてきた。彼ももうすぐ退院のはずだ。気が付くと、みんな微笑みながらわたしを見送ってくれていた。込み上げてくるものがあり、涙が出た。わたしは鞄を担いで、ナースステーションに向かった。

主治医の家に行く

ふつう、医師がプライベートにその患者と交流することはない。医学の世界のことは知らないが、もしかするとルール違反かもしれない。けれども、退院のあとはこの地を去ることが決まっていたわたしたち夫妻は、間もなく主治医と患者という関係ではなくなろうとしていた。

どちらから誘い合わせたのかは忘れたが、わたしたちは主治医夫妻の住む社宅へ遊びに行った。なにしろ土地の有り余る過疎地だったので、社宅とはいっても広い一軒家であった。わたしたちは歓談し、共に焼き肉を楽しみ、ワインのボトルを空けた。

グラスをゆらしながら主治医は、こんなことを打ち明けてくれた。

「じつは、ぼくは先生の治療を諦めかけていたんですよ。あなたの恩師にも連絡をとって、先生にどう向きあえばいいのか相談していたんです」

わたしは入院直前、念のため妻とわたしの共通の知人であるオダカ牧師の連絡先を、主治医に伝えていた。

オダカ牧師は、かつて妻が独身時代に通っていた教会で牧師をしていた。わたしたちが結婚してからは、妻をとおしてわたしも彼と交流するようになった。新婚時代に夫婦喧嘩をしてしまったときなど、わたしは「どうしたらいいでしょう」とばかりに、しょっちゅう彼に泣きついたものである（なんでも夫婦二人だけで向きあうことは、ときに難しい。こうやって相談できる、それも目上の第三者がいてくれるのは有り難いことだ）。だからオダカ牧師はわたしの来歴や性格をよく知っていた。主治医は診察のかたわら、このオダカ牧師と電話やメールで頻繁に連絡をとり、わたしの性格の特徴、抱えている問題など、知りうる限りのことを調べていたのである。もちろん、それはわたしが主治医に同意したことであり、むしろわたしのほうから「たぶんオダカ牧師は協力してくれますので、彼になんでも尋ねてください」と主治医に頼んでいた。

とはいえ、わたしは彼がおおぜい抱える患者のなかの一人に過ぎない。わたしはオダカ牧師が主治医に協力することに関して、そんなに期待はしていなかった。たまたまめぐりあわせた幾人もの患者のなかの一人であるわたしのことで、まさか主治医がここまで思い詰め、「もうこの人の治療は無理かもしれない」と限界を感じ、それでもオダカ牧師に意見を仰ぎ、粘ってくれていたとは思いもよらないことであった。医師の月給が幾らなのかは知らない。だが彼は明らかに給料以上のことをしてくれていたと思う。

わたしを立体的に

これも閉鎖病棟での治療時の話だが、主治医はオダカ牧師への聴き取りと共に、わたしの家族と面談することにも強いこだわりを示した。それまでの診察のなかで、わたしは父が十年ほど前に脳塞栓で倒れて、移動や会話に障害が残っていたことを告げていたので、主治医はわたしの母親との面談を望んだ。母は、わたしをどのように育てたのか。母親として、息子の現状をどのように感じているか――。彼はわたしを客観的に分析するうえで、どうしても母親と面談しなければならないと感じていたのである。

だが、当時すでに八〇歳に近づいていた母は足腰に痛みがあり、移動に難儀を感じるようになっていた。母は飛行機が大の苦手であったが、実家からわたしが入院する病院までは、わたしでもそう感じてしまうほど遠かった。夫婦でこの街と郷里とを往復するだけで、ささやかなボーナスは交通費に消えたものである。わたしは主治医に、母の来訪は不可能だと告げた。だが彼はわたしの話など聞いていないかのように、こう言った。

「あなたの話はよく分かった。だが、親から見てあなたの生育歴はどうであったのか、今は親の認識が知りたい。あなたの話だけでは診断材料として心もとないからです」

わたしが母親を呼び出すことになお躊躇っていると、彼は急かした。

「あなたからの話はじゅうぶん聞いた。親を呼べないというのであれば、診断的加療はここまでにします」

季節はそろそろ台風の時季にさしかかっており、飛行機が苦手な母を説得してこちらに来てもらうのは大変なことであった。一度予定していた母の来訪の日程は、案の定暴風雨に阻まれてしまった。気が乗らない母に、わたしは再度旅程を組んでくれるよう頼みこんだ。ようやく日程と天候が噛み合い、姉も同行して、母は鉄道を乗り継いではるばるこの地にやってきてくれた。

　母、姉、わたしと妻が揃うと、医師はわたしと妻に席を外すように言い、母および姉と面談した。彼らは二時間以上、三時間近くは話し込んでいたかもしれない。わたしと妻は診察室を出た廊下にあるソファに腰かけていた。待っているあいだ、だんだん病院の電気が消えていき、清掃業者が廊下をモップ掛けし始めたので、わたしたちは不安になるほどであった。

　彼らがそんなに長時間、いったいなにを話したのかは分からない。わたし抜きで話したことを、わたしが根掘り葉掘り訊くのもお門違いであるようにも思えたので、わたしは主治医にも家族にも尋ねなかった。いずれにせよ主治医はわたしの言葉と家族からの言葉とを総合しながら、わたしの「像」を探求したのである。母と姉も、ついでに一泊旅行を楽しんでくれた。わたしは外泊許可をもらい、帰る二人を駅まで見送った。二人は始終笑顔であった。だが後日、姉がわたしに打ち明けてくれたものだ。

「駅で手を振るあんたを見たら、泣くのを我慢するのに必死だったよ」

自分の弟が精神科病院に入る。というより、友人知人を含め、身近な人間が精神科に入院などしたことがない。気丈な姉であっても、わたしの入院は相当な衝撃であったらしい。

父はどうしていたかというと、実家で留守番をしていた。遡ること十年ほど昔、父は脳塞栓に倒れ、それ以来、言葉と右半身に麻痺があるのだった。

わたしはあるとき、閉鎖病棟にある唯一の公衆電話から、父に電話をかけた。父もわたしも音楽を聴くことが好きなのだが、父はたどたどしい言葉で

「また、いっしょに、じゃず……きこな」

それだけ言うと、号泣した。受話器の向こうから、くぐもった父の嗚咽が聴こえてくる。父があんなに泣くのを、初めて見た。見たといっても電話だけれど。次に父が泣くのを見たのは、その二年後、臨終前の入院を見舞ったときであった。

介入するのがよいか、見守るのがよいか

　これまでのわたしの語りを聞いて、主治医の特異さに驚いた方もおられるかもしれない。人によってはこういう医師が大嫌いだろうとも思う。わたしも何度、彼と口論したか分からない。彼のやってきたことは、患者個人の思想や私生活への干渉、越権行為であるとも、取れなくもない。

　だが、当時すでにわたしは四〇歳を過ぎており、すっかり頭も固くなって、それなりの自信や信念を持ち、心も頑なになってしまっていた。人の意見を素直に受け入れられる状態ではなかったのである。まだ可塑性に富んでいる若者とは違って、わたしがそこから変化するには相当な荒療治が必要であった。

「精神科医の言いそうなことなど分かる、だから受診の必要などない」と言い

切った、かの友人を批判する権利は、わたしにはない。そもそもわたしが入院したのも、わたしの判断ではないからである。妻に説得されたから入院する気になれたのだ。わたしは職場でキレて大声を上げ、牧師館に引きこもり、「なにもかも壊してしまった、もう修復は不可能」と思い詰めた。あとはどうやって死ぬかだけを考えていた。人生のなかであれほど具体的に、真剣に死を願ったことはない。そのとき、彼女がか細い声で言ったのだ、「ねえ、入院したら？」。

　彼女には心身の波があった。彼女が入院したことなら、今までにあった。そんな彼女を、わたしは一方的に助けてやっていると思っていた。そして、そうあり続けたかった。今、我ながらずいぶん身勝手なことを告白していると思う。恥ずかしいが白状すれば、わたしは指導者の立場から降りたくなかったのだ。だから彼女から「入院したら？」と言われたときはショックであり、にわかには受け入れがたかったのである。

　あくまで入院せずに通院で治療を続けることにこだわるわたしを、彼女は病院の前に広がる河川敷に連れ出した。

　広い河原を散策しながら彼女となにを話したのかは、もう想いだせない。少なくとも、彼女がわたしを涙ながらに説得したのではないことは確かだ。そういう劇的なやりとりはなに一つなかった。のんびり歩きながら話したのは昨日のことや今日のこと、食事のことなど。治療とはなんの関係もない、どうでもよいことを話しながら、停めてあるバイクを見たりして歩いたと思う。そして彼女との散策を終えたとき、わたしの心は固まっていた――入院してみよう。すべての荷物を降ろして、一からやり直してみよう。

「先生」と呼ばれる立場にあり、これまで精神科病院に誰かを慰問に行く立場にあったわたしが、入院用のジャージ上下を買い、入院の規定にしたがってその腰紐を抜き、スーツを脱ぎ捨てて着替える。革靴ではなくサンダルに足を入れる。歩くときは、ずり落ちてパンツが見えないようズボンの腰をつまむ。お気に入りのマグカップで熱いコーヒーを飲む代わりに、うがいコップに半分ほどのぬるま湯が注がれた泥コーヒーをすする。

この入院生活に飛び込むことには相当な勇気を要した。冒頭にも語ったことであるが、入院当日は将校から囚人になったような心持ちがした。だが、飛び込んでみれば、なんということはなかったのだ。そこは非日常な世界でもなんでもなかった。作業療法の際に、窓の外を歩くビジネスマンを見て「ああ、あちらは社会、こちらは社会の外」と嘆いたものだったが、それは間違いだった。病院のなかもまた、まぎれもない社会であった。

たしかにそこは郊外の病院で、設備や考え方も古く、いろいろ問題だらけではあった。それでも「ふつうの」社会がそこにはあったし、入院している人たちはモンスターでもなければ異常者でもない、「ふつうの」人々に過ぎなかった。その人々は、ビジネス社会や学歴社会との嚙み合いが、ちょっとうまくいかなかっただけなのである。わたしは入院生活をとおして徹底的に自分を見つめなおしただけではなく、「ふつう」などどこにでもあるということにも気づかされた。

わたしは妻に感謝している。彼女の小さな一言がなかったら、わたしが入院することはなかっただろう。そして追い詰められたわたしは、命を絶っていたかもしれない。わたしがケア／保護していると思い込んでいた、じつは見おろしていた彼女から、かけがえのない一言を与えてもらったということ。この出来事がわたしの生き方を変えたのだ。

牧師として、悩んだり苦しんだりしている人をケアしたり指導したりしているとこれまで思ってきたが、それは神の前で思い上がることであった。わたしもまた、弱い一人の人間に過ぎなかった。そして、自分の弱さを認めることは卑下することでもなんでもない。むしろ人間が一人の人間であることを誇ることでもあるのだ。

また、あの啓示された事があまりにもすばらしいからです。それで、そのために思い上がることのないようにと、わたしの身に一つのとげが与えられました。それは、思い上がらないように、わたしを痛めつけるために、サタンから送られた使いです。この使いについて、離れ去らせてくださるように、わたしは三度主に願いました。すると主は、「わたしの恵みはあなたに十分である。力は弱さの中でこそ十分に発揮されるのだ」と言われました。だから、キリストの力がわたしの内に宿るように、むしろ大いに喜んで自分の弱さを誇りましょう。それゆえ、わたしは弱さ、侮辱、窮乏、迫害、そして行き詰まりの状態にあっても、キリストのために満足しています。なぜなら、わたしは弱いときにこそ強いからです。

(コリントの信徒への手紙二 一二章 七―十節、新共同訳)

使徒パウロには「とげ」、すなわちなにかの病気があった。彼も苦しみのなかで「なんでこんな苦しみがあるのか。神さまなぜですか」と嘆き、祈ったのだろう。だがそのうち、彼は悟ったのだ。誇るべきはおのれの強さではなくて弱さ。

語るべきは自分の一貫性ではなく綻び。ほんとうの輝きは、弱いもののなかにこそあるのだと。

わたしを含めた男性の多くは、自分の弱さを自覚することや、助けを必要とするほど追い詰められていると認めることが、非常に難しい。男らしさとか、男が泣くものではないとか。世代によっては「女々しい」という言葉と共に、泣き言を言うことを恥として叩き込まれてきた。だから自分の弱さを隠す鎧として、学歴や仕事など、積み重ねてきたものへの自負を強調しなければならない。「先生」と呼ばれている者は、その呼び名から降りることはときに恐怖でさえある。男らしさを内面化してしまった男性は、――わたしもそうであったが、――そもそも自分が死にたい、ああ死ぬなと思うほどに追い詰められるまで、自分が苦しいということすら自覚できない。歯を食いしばって耐えてしまうのである。涙を流せばすっきりするのだが、そもそも泣き方が分からない。泣かないのではなく、泣けないのである。

わたしにとっては、妻の「入院したら？」が転機となった。わたしが一方的に弱いと決めつけていた妻から、わたしはここ一番の危機で助けてもらったのだ。今なら誰にでも言えるような気がする。もしも不調になれば、すぐに「今は調子が悪いんです」と。

わたしは三か月入院した。そのうちのおよそ二か月を閉鎖病棟で過ごし、残り一か月を開放病棟で過ごした。そこで出遭った一人ひとりの顔。お互いのシャツや首筋から漂う、汗と脂の臭い。食べても食べても空腹になるスカスカの病院食。一五時のおやつと泥コーヒー。すべてを今なお鮮明に想いだすことができる。

入院先でわたしは、一度「わたし」を手放した。わたしがわたしの主人であることから降りた。わたしはあらゆることを医療者たちの管理にゆだねた。生活全般をゆだねただけではない。思考の仕方さえ、主治医にゆだねた。思考の仕方を他人にゆだねることは、生活を預けることよりも苦労した。しかしそれが達成できたときの解放感は大きかった。

退院したときにはまだぼんやりとしていたが、教会と幼稚園とを辞し、妻と共に郷里へ戻り、静かに暮らすなかで、わたしは「わたし」を手放した身軽さを実感できた。わたしは無職になったのだが、恐れはなにもなかった。すべてはどうにかなる。どうでもいいのとは違う。根拠はないのだが、どうにかなる自信があった。妻と夕日が沈みゆく畑を眺めながら、わたしは「今死んでもいい」と思った。それは「今死にたい」とはまったく異なるということを読者の方々には分かっていただけると、わたしは信じている。

退院後の差別

わたしの入院の記録は、以上である。その後は退院してハッピーエンドであったのか。そもそもわたしの人生は終わっていないので、少なくともエンドではない。それに、人生のある局面をもってして、幸福なのか不幸なのかを決めるということを、できればわたしは、したくない。

最近、ツイッターで差別の問題が取り扱われることが多いが、そういえばわたしも退院後、忘れがたい言葉を投げかけられたことがある。それがわたしへの差別だったのか、それとも、わたしへの――――わたしには到底そうは受け取れなかったのだが――――思いやりだったのかは、よく分からない。

わたしは精神科病院を退院したあと、教会を辞めて郷里へ帰り、しばらく妻と仮の住まいで過ごした。失業したのはこれで二度目だった。一度目の失業は最初の任地を辞めたとき。新婚早々、見知らぬ土地に「嫁いできた」も同然の妻が、慣れない生活でとうとう心身を病み、倒れて精神科に入院。わたしにとって身近な人間が精神科に入院した、初めての体験であった。わたしは彼女の看病のことを考えた末、その教会を辞任した。その後続いた初めての失業は、それはもう不安なことこの上なかったものだ。しかし今回は二度目の失業。しかも主治医との厳しい対話をとおして自己の内面を深く覗き込んだあとのことである。だからわりと平気だった。むしろ後悔なくやり遂げた感じさえしていた。「これからなにが起こっても大丈夫、受けとめられる」という自身への信頼のなかで生活していた。

わたしは仮住まいの家から二時間近くかけて、電車を乗り継いで精神科の診療所に通った。もっと近くにいくらでも精神科はあったが、知人の勧める診療所でもあり、信頼していた。だが初めて行ったとき、わたしは診療所の暗さに驚いた。待合室が暗いというだけではなく、当の医師自身が疲れ切って暗かった。彼の「疲れていた」というのは、肉体的な疲労だけを意味しない。この医師は患者と向きあうこと自体に疲れ切っていた。わたしとの対話を決して諦めなかったかつての主治医とは対照的に、この医師は患者に対して絶望していた。彼は患者が回復することへの、いかなる期待も持っていない。そのことが、彼の投げやりで事務的な態度から分かった。

わたしの初診の折、医師はわたしへの聴き取りを、臨床心理士になる（あるいはなりたての）実習生二人にすべて任せた。彼女たちの「なるほどぉ、そうなんですねぇー」という相槌に頼りなさを覚えながら――実習生なんだから当たり前であり、仕方がないのだが――わたしはとりあえず経緯を話したものである。

別室で実習生にひとしきり話したあと、わたしは診察室に入った。医師はいきなりわたしの前で、レキソタンをコーヒーでぐっと呑み込んだ。驚くわたしを察したのか、

「いやね、しょっちゅう飲んでいるんですよ。落ち着きますからね。気にしないでください」

そんな彼を見ながら、わたしは自分が入院していたときの主治医が「レキソタンには依存性があるから、あなたには処方しない」と語っていたのを想いだしていた。

それでもわたしは、何度かその診療所に通った。別の実習生が来るたびに、わ

たしは臨床心理士の卵に一から同じ話を繰り返さなければならなかった。医師はといえば、わたしの話を聞く気などまったくない。「精神科医なんてね、まあこんなもんですよ。ほんと疲れますわ」と、冗談のつもりなのか、自虐的に言ったりした。わたしは苦笑いを噛み殺しながら、初任地で妻の治療にあたった院長の言葉を想いだしていた。彼もまた、なかば自暴自棄にわたしに言ったものだ。「精神科医にはな、自殺するやつもけっこうおるんやぞ」。そうか、彼らもまた……。

ある日、珍しく彼が医師らしい問いかけを、わたしにしてきた。

「あなたはこれから、どうなさりたいですか？」

わたしはやや間をおいて、答えた。

「もういちど、牧師がしたいです。ゼロから再出発してみたい」

すると医師は、きょとんとしてわたしの顔を覗き込み、こう言ったのだ。

「精神障害のあるあなたが責任のある仕事ができると、本気でお考えですか？」

わたしはキレなかった。そうか、ほんとうに傷つくことを言われたときは、キレるのではなく黙り込んでしまうのか――その診療所には二度と足を運ぶことはなかった。

その後もいろいろあったのだが、長くなるので省略する。やがてわたしは、現在働いている教会を紹介されることになった。牧師が赴任するための一連の手続きもほぼ終わり、あとは引っ越すだけという段階となった。わたしは信頼していたあるベテラン牧師と連絡をとり、任地が決まったことを報告しに行った。苦労したが、ようやく落ち着き先も決まったのだ。彼なら精神医療や心理学にも詳しいし、わたしの味わった苦労についても、他の牧師よりずっと理解してくれるはずだ。

わたしは電車のなかで先輩になにを話そうか、先輩はどんな顔をするだろうかと喜々としていた。先輩の教会を訪ねると、彼は優しい笑顔で迎えてくれた。

「いい店があるから、そこで話そう」。彼は趣味のよい喫茶店にわたしを誘った。

わたしは前任地での心身を病むまでの苦労や、その後の治療の経過、そして今回の赴任地決定のプロセスなどを先輩に話した。彼は丁寧に耳を傾けながら、わたしの話を整理するフローチャートのようなメモを素早くとっていた。話すべきことは話したのち、沈黙が訪れた。わたしがコーヒーをすすっていると、先輩がおもむろに口を開いた。


「今回の招聘は、断ったほうがいい」


わたしは耳を疑った。

「いや、もう決まっちゃってるんですけど？」

「でも断ったほうがいい。君には重度の精神障害があるんだよ。それで教会を治めるという、責任ある仕事ができると思うか？」

「そんな今さら！　断ったら大変なことになっちゃいますよ。ドタキャンじゃないですか。そんな不義理なことしたら、ほんとうにもう二度と、どこもわたしを招聘してくれなくなっちゃいますよ。だったら、先輩から先方にそう言ってくれませんか？『精神障害のあるこの人をお薦めすることはできません』って」

だが、彼は言うのだった。

「それはできない。わたしにはその権限はない。あくまで君が、君の意志で断りなさい。『できません』と言うんだ」

額のあたりから血が遠のいていく。

それって、お前が赴任してもしもトラブルを起こしたら、我々の名誉に関わる。だから絶対に行くな。ただし泥はぜんぶ、お前独りでかぶれ——そういうこと？

そのあと、先輩となにを話したのかは覚えていない。わたしの任地決定を共に喜んでくれると思っていた、尊敬し信頼していた人。その人から突きつけられた、いや、突き放された言葉は、あまりにも冷たかった。まったく予想もしていなかった言葉が、わたしの深いところに突き刺さった。

――しょせんキチガイには、まともな仕事は無理なのか？

どうせおれはキチガイ。面倒くさいわ、なにもかも。ここから挽回とか、駆け引きとか。そんな気の遠くなるようなことできるかよ。せっかく入院して、閉鎖病棟で苦しみながら自己を徹底的に見つめたのに、娑婆に出たらこれか。再起のチャンスなしか？　あんまりやんけ。

だがわたしは主治医との対話を想いだした。キレてはいけない。こういうときこそ、静かに考えるのだ。わたしは考えに考えた。その際、入院していたときに得た知恵が役に立った。独りで抱え込むことは絶対しないという知恵である。入院したときの主治医とは退院後、そして転居のあとも、我が恩師としてプライベートに連絡をとり続けていた。わたしは彼に電話をしてみた。あれほどわたしの言動をことごとく批判し、わたしの内的な変化を促そうと医師としてのすべての力を注いだ彼は、かつての主治医としてわたしにこう言った。

「とんでもない！　その教会に赴任しなさい。なにを言ってるんだその人は。無視しなさい」

こんどは浮ついた喜びではなかった。静かな、深い想いが込み上げてくるのを感じる。そうだ、あれだけ自分は向きあったのだ。自己の醜悪な部分、そして弱さと。まだまだ成熟していない部分もあるだろうが、まずは受容もしたし、克服もしたのだ。ありのままの自己を受け容れたのでもあるし、ありのままの自己ではいけないと、頑張って矯正もしたのだ。わたしの診断された精神障害は、たしかに生涯つきまとうものである。けれども、それでも牧師はできる。きっとできる。やってみよう。

主治医は三か月の閉鎖および開放病棟での入院ごときで、わたしの抱える問題のすべてが解決したとは思っていない。彼は、わたしが退院後にかかった精神科医や面会した牧師が「あなたのような精神障害者に責任者が務まると思うのか」と告げる程度には、わたしの障害が重いものであると分かっていた。ハッピーエンドはない。そうではなく、主治医が言いたかったのは、入院中に続けていた自己との対話を退院後も続けていけばよい、そうすれば牧師の仕事はじゅうぶんに務まる、そういうことだ。彼はそう判断したからこそ、わたしに「その教会に赴任しなさい」と言ったのである。たしかに彼はもうわたしの主治医ではなかったが、主治医としての責任を伴う言葉で、そう宣言したのである。

人から嫌われるのが怖いとか、だから誰にも嫌われないようにしようとか、そんなことはもう気にすまい。イエスだって人々に尽くしたが、あんなに嫌われたではないか。誰にも迷惑をかけず、すべての人から好かれるなんてありえないのだ。迷惑をかけてかけて、さんざん助けてもらって、それでもどうしようもなくなったら、また無職になって郷里へ戻ろう。その後のことはそれから考えよう。とにかく今は、やってみよう。

そしてわたしは、妻と引っ越しの荷物をまとめ始めたのだった。身近な人たちに応援され送り出されて、今の地に住み始めた。その後も多くの人々と出会いながら、助けられ支えられ働き続けて、この初夏で五年になる。

おわりに

厚生労働省によると、精神疾患で医療機関にかかっている患者数は、平成二九年で四〇〇万人を超え、また、入院者数は三〇・二万人ほどになるという（入院者数は認知症患者も含む）[*01]。

現在、わたしのところに悩み相談に来る人たちも、すでに精神科にかかっている人が多い。精神科で受診することに抵抗感がないことはよいことである。一方で、これほどの数の人々が精神的な不調に苦しんでいるともいえる。精神科にかかるか迷っている人も含めれば、潜在的な数はもっと多いだろう。

ところで、令和三年一月二二日付の厚生労働省自殺対策推進室による「警察庁の自殺統計に基づく自殺者数の推移等」中、令和二年における「月別自殺者数の推移（男女別）」を見ると、女性はほぼ毎月四〇〇人台から六〇〇人台で推移しているのに対して、男性はどの月も一〇〇〇人を超えている。*02

これをもってして「女性よりも男性のほうが苦しんでいる」とするのは早計である。女性もさまざまな格差や差別、暴力などにより苦しんでいるし、その一人ひとり固有の苦しみは他人と軽重を比較できるようなものでもない。げんに自ら命を絶つ女性にとっては、「まさにこのわたしが死ぬ」のであるから。

とはいうものの、男性の死者数が多いことは、以下のことを推測させる。つまり、男性のほうが女性よりも――あくまで数としては――苦しみを誰かに打ち明けることが少ないのではないかということである。いや、もっと正確に言うならば、比較的多くの男性は、女性のように「自分は苦しいのだ」と自覚することさえなく、知らぬ間に状態が悪化し、気が付いたときには「死のう」と思っているのではないかということである。いや、「死のう」という意志でさえない。抱え込んだものを誰にも打ち明けず、「こんなもの大したことない。男だろ」と。打ち明けようという発想すらないままに「ああ、もう死ぬな」と、死へと吸い込まれ、斃れ込んでいくのだ。
　本文で詳しく述べているが、わたしもそうなりかけた一人であった。男は泣き言を言うものではない、あるいは、男という主語は意識していなくても、プロフェッショナルは簡単なことで音を上げたりしない、と。だが、そこで言うプロ意識とはけっきょく、根性で頑張る男性的なイメージのそれであった。わたしにそのことを気づかせてくれたのが、自分のもっとも身近にいた女性である、妻であった。

　わたしは六年前に精神の不調をきたし、精神科に入院した。診断的加療というもので、入院しながらいくつかの薬を試し、いちばん症状が改善した処方から、遡って診断名を確定するという方法であった。入院の前には知能検査を行った。検査の結果、いわゆる自閉スペクトラム症の可能性が高いとされた。だが医師によれば境界性パーソナリティ障害、あるいは妄想性障害の疑いもあるとのことだった。わたしは目立って暴れたりすることはなかったが、自死の危険もあるとのことから閉鎖病棟への入院を急ぐよう医師から勧められた。わたしは逡巡の末、閉鎖病棟への入院を決意したのだった。

閉鎖病棟。そこにはさまざまな人生を生きている人たちがいた。先述したが、半世紀以上入院している人もいた。医学的には入院治療は必要ないのに、世話のできる家族がいないとか、社会生活が困難などの理由をつけて、患者をずっと入院させ続けることを社会的入院という。わたしが入院していた病院では、この社会的入院という言葉を肯定的に用いていた。

だが、じつはその頃、福島で四〇年間社会的入院を強いられた伊藤時男さんが名乗り出て、この問題は広く社会で知られるようになりつつあった。[*03]にもかかわらず、わたしが入院していた病院では、まだ社会的入院は問題になるどころか、精神障害者への福祉として捉えられていたのである。また、わたしは入院時、終日拘束され続け、看護師に頭を叩かれる患者も見た。この拘束についても、平成二九年五月、ニュージーランド人のケリー・サベジさんが神奈川県内の病院で亡くなったことが報道され、医療関係者だけでなく社会に大きな波紋を呼んだ。[*04] この事件以外にも、同様に拘束によって死亡した人の遺族が裁判を起こしている。[*05]

こうした経緯もあり、わたしが入院していた六年前の状況と比べて、精神科に入院する患者の置かれた環境は、おそらく少しずつ改善してきていると思う。そう信じたい。また、看護師ら医療スタッフの労働環境が改善されていることを願ってやまない。彼ら彼女らの待遇が改善されることと、患者のQOL（クオリティ・オブ・ライフ）が向上することとは、車の両輪である。

わたしが入院して最も印象的だったのは、十代から二〇代前半の若者たちとの出遭いである。彼らとの出遭いが、わたしをことさら大きく変えた。わたしは牧師として信仰や愛を語りながら、心のどこかで「人間とはこうあらねばならない、社会とはこういうものだから」と決めつけていた。しかし彼らとの対話は、わたしの凝り固まった常識をことごとくひっくり返した。彼らと出遭えたことを、わたしは深く感謝している。退院したあと、わたしは慌ただしく転居した。そのため彼らとの連絡が途絶えてしまったことは残念でならない。

少年たちの一人が言った。「おれ、いつかここを退院したら、自伝を書こうと思うんです」。本書を、わたしは彼ら若者たちに捧げたい。これは彼らの、また、彼らだけでなく、わたしが出遭った患者たちすべての、そして、わたしを支えてくれた医療スタッフたちの「自伝」である。

なお、プライバシー保護の観点から、病院名や地名、詳細な入院年月日は明記していない。また、少年たちをはじめ、登場人物はすべて仮名であり、会話に登場する個人情報には適宜変更を加えてある。複数の人物を一人として表現していることもある。それでも、彼らが確かな現実を生きていたし、今なお生きているという真実は、じゅうぶんに伝わるとわたしは信じている。

＊01　厚生労働省「知ることからはじめよう みんなのメンタルヘルス」
＊02　厚生労働省「自殺の統計：最新の状況」
＊03　NHKハートネット「60歳からの青春 精神科病院40年をへて」
＊04　ForbesJAPAN「日本の病院で身体拘束後、亡くなった弟　遺族の独占手記」
＊05　NHKニュース「精神科の拘束で死亡 控訴審は病院側に賠償命じる逆転判決石川」

この本のゲラを見直していたとき、スマートフォンが鳴った。かつての主治医からである。電話を取ったが、彼はなにも話さない。しばらくすると切れてしまった。わたしは、ああ、そのときが来たのかと思い、祈った。

それから二日後の夜、彼は息を引き取った。一か月前、おだやかな近況話に花を咲かせたのが、彼との最期の会話となった。最期の数日間、彼は会話ができる状態ではなかったと関係者から聴いた。言葉を発する力も残っていないのに、それでも彼は電話をかけてきてくれたのだ。この地上を去るにあたり、主治医がわたしになにを伝えようとしたのかは分からない。でも、だいじょうぶ。先生、あなたからの言葉は、たしかに受け取りましたよ。

この本を、妻、病院で出遭った一人ひとり、両親および姉と兄、そしてわたしの生き方を変える出遭いとなった、天国の主治医に献げる。

沼田和也

ぬまた・かずや

日本基督教団 牧師。

1972年、兵庫県神戸市生まれ。

高校を中退、引きこもる。

その後、大検を経て受験浪人中、

1995年、灘区にて阪神・淡路大震災に遭遇。

かろうじて入った大学も中退、再び引きこもるなどの

紆余曲折を経た1998年、関西学院大学神学部に入学。

2004年、同大学院神学研究科博士課程前期課程修了。

そして伝道者の道へ。しかし2015年の初夏、

職場でトラブルを起こし、

精神科病院の閉鎖病棟に入院する。

現在は東京都の小さな教会で再び牧師をしている。

ツイッターは@numatakazuya

牧師《ぼくし》、閉鎖病棟《へいさびょうとう》に入る。

2021年6月10日　初版第1刷発行

著者　沼田和也

発行者　岩野裕一

発行所　株式会社実業之日本社
〒107-0062　東京都港区南青山5-4-30
CoSTUME NATIONAL Aoyama Complex 2F
電話　（編集）03-6809-0452　（販売）03-6809-0495
https://www.j-n.co.jp/

印刷・製本　大日本印刷株式会社
装丁・本文デザイン　鈴木千佳子

本文DTP　西村巧・佐藤信男（ファーブル）
校正　株式会社ぷれす
編集　白戸翔

 ISBN 978-4-408-33982-5（新企画）